L'amour déjoue tous les pièges

Barbara Cartland est une romancière anglaise dont la réputation n'est plus à faire.

Ses romans variés et passionnants mêlent avec bonheur aventures et amour.

Vous retrouverez tous les titres disponibles dans le catalogue que vous remettra gratuitement votre libraire.

Barbara Cartland

L'amour déjoue tous les pièges

Traduit de l'anglais
par Marie-Noëlle Tranchart

Titre original :

LOVE SOLVES THE PROBLEM

Copyright © Barbara Cartland
Pour la traduction française :
© Éditions J'ai lu, 2001

NOTE DE L'AUTEUR

Les millionnaires n'ont pas manqué au cours du dix-neuvième siècle. Je pense tout d'abord à Cornelius Vanderbilt.

Cet Américain, homme d'affaires et spéculateur, avait réussi à accumuler en relativement peu de temps une fortune de vingt millions de livres sterling. Son fils William, qui hérita de cette énorme fortune vers 1850, l'augmenta encore.

L'un des autres noms qui me vient à la mémoire est celui de John Jacob Astor. Né en Allemagne, il émigra en Amérique où il fit fortune dans le commerce des fourrures avant d'investir dans l'immobilier.

Vanderbilt, Astor... ces noms sont connus. Moins, toutefois, que celui du plus célèbre de tous les millionnaires, l'homme le plus riche du monde – disait-on – : John Rockefeller.

John Rockefeller naquit dans une petite ferme de l'État de New York et, jusqu'à l'âge de seize ans, travailla la terre.

À cette époque, l'exploitation du pétrole en était à ses débuts. Tout était à revoir, tant les méthodes de vente que celles de raffinement du pétrole brut. Rockefeller s'attela à cette tâche avec tant de succès que, en quelques années à peine, il parvint à édifier une énorme fortune.

Cet homme généreux ne donna pas moins de sept cent cinquante millions de dollars à des œuvres charitables et éducatives.

1

1855

— Je crains fort, mademoiselle Sheila, d'avoir de mauvaises nouvelles à vous annoncer, dit M. Clive avec gêne.

Sheila de Rosswood laissa échapper un petit soupir.

— Je m'y attendais plus ou moins. Il ne me reste rien, c'est cela ?

Le banquier paraissait de plus en plus embarrassé.

— Je serai franc, mademoiselle Sheila. À part quelques dettes, milord ne vous a rien laissé.

— Mon Dieu ! Des dettes...

— Le nouveau comte se chargera certainement de les régler.

La jeune fille en était beaucoup moins sûre, mais elle ne jugea pas utile de faire part de ses doutes à M. Clive.

À sa demande, ce dernier était venu la mettre au courant de sa situation financière. Elle s'attendait à ce que celle-ci soit catastrophique – mais pas à ce point !

— Resterait-il quelque chose de ce qui m'a été légué par ma mère ?

— Hélas, non !

— Qu'est devenu cet argent ?

Le banquier baissa la tête.

— Votre père l'a dépensé dans une nouvelle entreprise. Il était persuadé que, cette fois, il réussirait... Mais, pas plus que les autres, malheureusement, cette affaire n'a connu le succès qu'il espérait.

Sans répondre, Sheila se leva et alla à la fenêtre. Comment son père avait-il pu risquer tout ce qu'il possédait dans des compagnies qui devaient lui apporter la fortune... et qui se retrouvaient en faillite quelques mois après avoir été créées ?

Oubliant ses échecs, le comte de Rosswood repartait aussitôt pour une nouvelle aventure avec la même fièvre.

— Cette fois, je vais triompher ! annonçait-il.

Sans vouloir écouter les mises en garde de ses amis, il dépensait sans compter pour lancer la société qui – oh, il en était absolument persuadé ! –, allait lui permettre de réaliser son rêve : devenir millionnaire.

Le défunt comte de Rosswood avait toujours considéré la vie comme un jeu, et le fait qu'il s'appauvrissait chaque jour davantage, au lieu de l'affecter, l'amenait à prendre des risques encore plus grands.

Sheila, qui tenait à connaître sa position financière, avait demandé au banquier de venir la trouver avant l'arrivée du nouveau comte.

Ce dernier possédait une certaine fortune et

allait certainement se mettre en devoir de restaurer le château de Rosswood. Ce superbe bâtiment datant de l'époque élisabéthaine en aurait eu bien besoin!

«Mais mon père n'avait jamais d'argent à dépenser pour les réparations, même les plus urgentes!» pensa la jeune fille avec amertume.

Grâce au ciel, les tableaux de maître, le mobilier datant du dix-septième ou du dix-huitième siècle, l'argenterie ancienne et les superbes collections que l'on pouvait admirer dans les vitrines faisaient partie de l'inventaire établi par des experts. Tout cela devait impérativement être transmis intact d'une génération à l'autre. Il avait donc été impossible au défunt comte de Rosswood de vendre le moindre de ces superbes objets d'art – ce dont il ne se serait probablement pas privé s'il en avait eu la possibilité.

La défunte comtesse de Rosswood avait laissé une somme d'argent considérable à sa fille. Elle espérait que Sheila serait ainsi à l'abri du besoin. Elle n'avait pas pensé que son mari dépenserait cela aussi dans des entreprises aussi fumeuses que celles qui lui avaient coûté toute sa fortune.

Et maintenant, la jeune fille allait être obligée de compter sur la générosité du nouveau comte...

«Cela va être terriblement humiliant de devoir dépendre de lui!» pensa-t-elle.

La situation serait d'autant plus déplaisante que son père avait toujours détesté Thomas de Rosswood. Sheila elle-même gardait de son cousin le souvenir d'un homme peu sympathique.

Elle tenta de se rasséréner.

«J'ai pu me tromper! Il y a près de dix ans que je ne l'ai pas vu... et j'étais très jeune à l'époque!»

Mais quand elle se souvint que sa mère n'appréciait guère Thomas de Rosswood, la jeune fille se sentit accablée. Elle se tourna vers son visiteur.

— Que puis-je faire, monsieur Clive? demanda-t-elle en s'efforçant de cacher son anxiété.

— Rien, hélas!

Le banquier, un homme d'un certain âge, la regarda d'un air soucieux avant d'ajouter:

— Sinon demander au nouveau comte de vous aider.

Sheila eut toutes les peines du monde à retenir ses larmes.

«Quand je pense que, si je ne veux pas mourir de faim, je vais être obligée de demander la charité à Thomas de Rosswood! C'est désolant...»

Ses parents avaient fait un merveilleux mariage d'amour. Sheila était née un an après leur union. Elle devait rester fille unique car les médecins avaient appris à la jeune comtesse qu'elle ne pourrait plus jamais avoir d'enfants.

Le comte, qui espérait avoir un héritier, était très déçu. C'était à ce moment-là qu'il s'était mis en tête de bâtir une énorme fortune à l'instar de celles des Américains.

— Je vais devenir millionnaire! avait-il annoncé.

Cette obsession l'avait poursuivi jusqu'à sa mort.

Il était très riche à l'époque. Mais, la malchance aidant, il avait, dans le but de faire fortune... dépensé tout ce qu'il possédait!

«Pauvre père! pensa Sheila. Il voulait que j'aie une dot énorme, ce qui m'aurait permis de faire mon choix parmi de nombreux prétendants.»

Elle eut un sourire amer.

« En fait de dot, je n'apporterai pas un sou à celui qui voudra bien m'épouser ! »

Soudain, l'avenir lui fit peur. Que deviendrait-elle si Thomas de Rosswood refusait de se montrer généreux ?

— J'ai établi la liste de toutes les entreprises dans lesquelles votre père a investi de l'argent, reprit le banquier. Il faudrait que je remette une copie de cette liste au nouveau comte, dès son arrivée au château.

— Cela ne me semble pas nécessaire, déclara Sheila.

Sa voix était froide, mais ferme.

— La manière dont mon père a employé sa fortune ne regarde en rien mon cousin Thomas de Rosswood.

Après un instant de réflexion, elle ajouta :

— Par ailleurs, je pense que je serais bien inspirée de partir d'ici.

— Mademoiselle Sheila ! s'exclama le banquier, choqué.

La jeune fille eut un rire sans joie.

— Je connais assez mon cousin pour savoir qu'il va trouver ma présence bien encombrante...

M. Clive la regarda d'un air soucieux. Puis son visage s'éclaira. Il se disait que la jeune fille était si jolie que le nouveau comte ne pourrait pas manquer d'être tout de suite sous le charme.

« Avec ses grands yeux bleus et ses cheveux d'or pâle, elle réussirait à émouvoir un cœur de pierre ! »

Après s'être éclairci la gorge, il déclara :

— Me permettez-vous de vous parler franchement, mademoiselle Sheila ?

— Naturellement, monsieur Clive.

— Eh bien, tout d'abord, il me semble que le château est assez vaste pour que vous puissiez y vivre en même temps que le nouveau comte.

— C'est certain. Mais supportera-t-il ma présence ?

— Bien entendu ! Par ailleurs, j'estime que vous auriez tort de faire quoi que ce soit sur un coup de tête. Vous avez intérêt à réfléchir très sérieusement avant de prendre la moindre décision.

Sheila soupira.

— Bien peu de possibilités s'offrent à moi ! La plupart des Rosswood sont morts et je n'ai jamais eu de contacts avec la famille de ma mère qui, vous le savez probablement, est originaire du nord de l'Écosse.

— Votre père avait beaucoup d'amis...

— En fait d'amis, il s'agissait surtout de relations d'affaires, corrigea la jeune fille.

Avec un certain cynisme, elle enchaîna :

— Et je crois que ces entrepreneurs à l'imagination fertile s'intéressaient beaucoup plus aux capitaux que mon père pouvait injecter dans leurs sociétés qu'à lui personnellement !

Sheila s'était souvent demandé comment un homme d'âge mûr était capable de se montrer aussi naïf. Soit, ceux qui proposaient au comte de Rosswood des affaires mirobolantes n'étaient pas des escrocs...

« Il s'agissait plutôt des rêveurs, se dit la jeune fille. Au fond, ils étaient aussi naïfs que lui ! »

Tout en remettant ses documents dans une serviette en cuir noir, le banquier déclara :

— Cherchez bien, mademoiselle Sheila... Je suis certain qu'il y a beaucoup de gens qui seraient très heureux de vous accueillir, maintenant que votre père n'est plus là pour veiller sur vous.

La jeune fille eut un petit sourire triste.

— Le pasteur et le médecin m'ont dit exactement la même chose. Et je leur ai répondu, comme à vous, que je n'avais pratiquement plus de famille.

— Cela me semble surprenant.

Après un instant de réflexion, le banquier murmura :

— Je dois reconnaître qu'il y avait très peu de monde aux obsèques de milord... J'en ai été le premier surpris.

L'annonce de la mort du comte de Rosswood avait été bien entendu publiée dans tous les journaux. Sheila pensait qu'à la suite de cela, de nombreuses personnes viendraient à l'enterrement ou lui enverraient leurs condoléances. À sa grande surprise, il n'en avait rien été.

— Je n'ai ni argent ni famille, conclut-elle.

Elle se pencha pour caresser Dicky, le labrador noir qui ne la quittait pas – il la suivait même lorsqu'elle allait se promener à cheval.

— En fin de compte, je n'ai que mon chien !

Le banquier secoua la tête d'un air navré.

— Mademoiselle Sheila, ne vous inquiétez pas trop au sujet de votre avenir !

— C'est facile à dire.

— Je suis sûr que tout s'arrangera ! Vous allez voir que le nouveau châtelain ne sera que trop heureux de vous demander des conseils.

— À moi ? demanda la jeune fille avec incrédulité.

— Certainement ! Tout le monde sait qu'en

l'absence de votre père, c'était vous qui meniez la maison et le domaine.

— Soit ! Mais ce n'est pas une raison pour que mon cousin Thomas de Rosswood souhaite que je continue à m'occuper de cela.

— Ne soyez pas trop pessimiste, mademoiselle Sheila.

— Dans ces circonstances, qui ne le serait pas à ma place ? Mieux vaut être lucide...

— N'hésitez pas à faire appel à nous, mademoiselle Sheila. Nous ne demandons qu'à vous aider.

— Je vous en remercie vivement, dit la jeune fille en se levant.

Son chien, qui était couché à ses pieds, se mit aussitôt debout.

— Si je décide de quitter le château, je ne manquerai pas de vous communiquer ma nouvelle adresse, monsieur Clive. De manière à ce que, si par hasard l'un des investissements de mon père se révélait fructueux, vous me mettiez immédiatement au courant.

— Vous pensez bien que, si cela se produisait, je m'empresserais de vous le faire savoir, mademoiselle Sheila !

Après un silence, il se crut obligé d'ajouter :

— Mais ne rêvez pas trop !

— Il n'y a pas de danger pour cela, rétorqua-t-elle avec un rire sans joie.

En lui serrant la main, le banquier déclara avec gravité :

— Je vous en conjure, ne faites rien dans la précipitation. Attendez l'arrivée du nouveau comte avant de prendre la moindre décision.

— Je vous remercie de votre soutien, monsieur Clive. Vous avez été très patient et très compréhensif.

La jeune fille accompagna le banquier jusqu'à la porte du salon.

— Wilkins doit vous attendre dans le hall. Il vous accompagnera jusqu'à votre voiture.

Lorsque, en début d'après-midi, le vieux majordome avait vu arriver le banquier, il avait tout de suite deviné que celui-ci apportait de mauvaises nouvelles.

— Monsieur Clive, je suis à Rosswood depuis près de cinquante ans, avait-il dit. Et jamais je n'aurais imaginé que les choses tourneraient aussi mal un jour...

— Moi non plus, je vous l'avoue.

— La mort de milord a représenté un grand choc pour mademoiselle Sheila. Je n'ai pas l'impression que vous ayez des choses agréables à lui apprendre...

— Hélas, non !

— Je m'en doutais...

— Pensez-vous que certains des membres de la famille de mademoiselle Sheila pourraient l'accueillir ? avait demandé le banquier au fidèle serviteur.

Wilkins avait secoué négativement la tête.

— Je ne vois personne...

— En êtes-vous sûr ?

— Avec ma femme, j'ai déjà réfléchi à ce problème. Milord n'avait pratiquement plus de famille. Et, de toute manière, il ne voulait recevoir personne !

— Il faut quand même que quelqu'un s'occupe

de mademoiselle Sheila ! À son âge, elle aurait besoin d'un chaperon...

— Certes ! Mais qui accepterait de se charger de cette tâche ?

— Tout ce que nous pouvons espérer, c'est que le nouveau comte saura se comporter en homme de devoir.

Le majordome n'avait pas répondu, mais son expression dubitative était plus qu'éloquente...

Après le départ du banquier, Wilkins s'empressa d'aller trouver Sheila, qui était restée dans le bureau de son père.

— M. Clive est-il parti, Wilkins ? lui demanda la jeune fille.

— Oui, mademoiselle Sheila. Je n'ai pas l'impression qu'il vous ait appris de bonnes nouvelles.

— Je me trouve dans une situation encore plus désespérée, Wilkins. Je pensais pouvoir compter sur l'argent que m'avait légué ma mère... Mais tout cela a été dépensé !

— Comme le reste, hélas ! C'était plus ou moins à prévoir...

En s'efforçant de cacher son anxiété, le majordome poursuivit avec une affectueuse familiarité :

— Mais cela ne sert à rien de s'inquiéter à l'avance. Attendez l'arrivée de M. Thomas... et vous verrez bien ce qu'il vous dira.

— Je le devine sans peine ! Il m'annoncera d'un ton sans appel qu'il n'est pas homme à accepter de se charger d'une jeune fille sans le sou ! Et que, par conséquent, je ferais bien d'aller vivre ailleurs.

— Ne dites pas de choses pareilles, mademoiselle Sheila ! Cette demeure est la vôtre ! C'est là que vous êtes née et que vous avez grandi... Comment pourriez-vous partir d'ici ? M. Thomas est devenu le chef de la famille de Rosswood. Il est désormais responsable de vous.

— Mon cousin Thomas ne fera pas le moindre geste en ma faveur ! Mon père lui a fait assez sentir qu'il le trouvait antipathique. Il ne l'invitait jamais au château.

— C'est vrai.

— Je ne me souviens pas de l'avoir vu lors de l'enterrement de ma mère...

— M. Thomas n'est pas venu, en effet.

— Après avoir été traité sans égards, pourquoi voulez-vous que mon cousin fasse maintenant le moindre effort pour moi ?

— C'est son devoir, mademoiselle Sheila.

— Encore faudrait-il que Thomas de Rosswood ait le sens du devoir.

Cette fois, le vieux majordome ne trouva rien à répondre.

— Je vais vous apporter votre thé, mademoiselle Sheila, déclara-t-il après un long silence. Et ma femme vous a confectionné le gâteau au chocolat que vous aimez tant. Il faudra que vous y fassiez honneur comme il convient, sinon elle se froissera !

La jeune fille sourit.

— Vous êtes tous les deux si gentils ! Je me demande si je ne ferais pas mieux d'aller vivre avec vous deux à la cuisine...

— Quoi ?

— Je serais très heureuse de travailler avec Mme Wilkins. Cela me permettrait de rester au château sans que le nouveau comte soit au courant!

— J'ai peine à vous imaginer travaillant aux fourneaux, cuisine, mademoiselle Sheila! s'exclama le majordome en riant.

— Pas moi... Cela ne me déplairait pas du tout d'apprendre à confectionner de bons petits plats. Et au moins, j'aurais un métier entre les mains!

— Vous à la cuisine? Ce serait le monde à l'envers! Vous allez voir que M. Thomas insistera pour que vous lui teniez compagnie au salon ou dans la salle à manger!

«Cela m'étonnerait!» pensa la jeune fille.

Mais comme elle ne souhaitait pas décourager Wilkins, elle se contenta de dire:

— Remerciez votre femme d'avoir pensé à faire l'un de ces délicieux gâteaux dont elle a le secret. Je vais me régaler... comme d'habitude! Mme Wilkins est un véritable cordon-bleu!

Après le départ du majordome, Sheila retourna près de la fenêtre et contempla les jardins. Ceux-ci étaient beaucoup moins bien entretenus qu'autrefois, pour la bonne raison que le défunt comte de Rosswood s'était trouvé dans l'impossibilité de payer les gages des jardiniers.

C'était la jeune fille qui entretenait de son mieux les massifs de fleurs qui ornaient les pelouses.

«Que vais-je devenir?» se demanda-t-elle une fois de plus.

Il devait bien y avoir une solution...

«Mais laquelle, grand Dieu?»

Elle ouvrit la fenêtre et écouta le vent qui bruissait dans les branches, tandis que les oiseaux chantaient et que l'eau de la fontaine cascadait sur les margelles de marbre.

Et soudain, elle eut l'impression que le vent, les oiseaux et l'eau de la fontaine lui dictaient la conduite à suivre.

« Pourquoi ne chercherais-je pas un emploi de secrétaire ? »

N'avait-elle pas l'habitude de rédiger des lettres, de tenir les comptes et de donner leurs gages aux serviteurs ? Même si l'argent se faisait de plus en plus rare...

Une fois, la jeune fille s'était fait conduire à la banque de la ville voisine pour y retirer de quoi payer les quelques domestiques qui étaient restés au château.

L'employé lui avait annoncé avec gêne que le compte réservé aux dépenses de la maison était vide.

— Vous n'avez qu'à prendre ce qu'il me faut sur un autre compte, avait dit Sheila.

De plus en plus embarrassé, l'employé avait bredouillé qu'il n'avait pas d'instructions à ce sujet.

— Je comprends que vous ne puissiez pas prendre d'initiatives, et je ne vais pas ennuyer M. Clive pour si peu, avait déclaré la jeune fille. Dès que je verrai mon père, je lui demanderai de s'occuper de cela.

À l'époque, il y avait encore au château deux femmes de chambre, un valet, des jardiniers et des palefreniers. Le montant de leurs salaires représentait donc une somme relativement importante.

Quand la jeune fille l'avait réclamée à son père, ce dernier avait ouvert de grands yeux.

— Il te faut tant que cela ?

— Mais oui, père. Voyez...

Et elle lui avait montré le registre où elle comptabilisait les gages des serviteurs. Le comte y avait jeté un coup d'œil et fait la grimace.

— Écoute, je dois aller à Londres demain. Je t'apporterai la somme nécessaire à mon retour.

Le comte avait attendu que Wilkins descende au village pour se rendre dans la pièce où toute l'argenterie était gardée sous clé. Il y était resté assez longtemps.

— Que cherchiez-vous donc, père ? avait demandé la jeune fille avec étonnement. Pourquoi n'avez-vous pas attendu le retour de Wilkins ? Il vous aurait apporté ce que vous vouliez.

— Je vérifiais les pièces d'argenterie ancienne. Je me suis aperçu que certains plats n'étaient pas gravés aux armes des Rosswood.

Sheila avait oublié cette conversation. Mais quelques jours plus tard, alors que son père était toujours à Londres, Wilkins était venu la trouver.

— Je ne comprends pas ce qui se passe, mademoiselle Sheila, mais il me semble que plusieurs plats en argent massif ont disparu. Cela me semble incroyable... Qui aurait pu les prendre ?

La jeune fille avait aussitôt deviné ce qui s'était passé...

— Je crois que mon père les a emportés à Londres, Wilkins, avait-elle prétendu, la mort dans l'âme. Il avait remarqué que certains n'étaient pas gravés aux armes de la famille... Il les a confiés à un orfèvre pour effectuer ce travail.

Les plats n'étaient jamais revenus. Et Wilkins

avait évité de poser d'autres questions embarrassantes.

La loi voulait que les experts viennent régulièrement vérifier si tout ce qui figurait sur la liste de ce qui devait être transmis intact au successeur d'un châtelain était toujours là.

Meubles de prix, tableaux, collections, tout ce qui avait une certaine valeur figurait sur cette liste.

Quelques rares objets d'art avaient cependant échappé à l'œil des experts... Et ceux-ci disparaissaient peu à peu. La jeune fille n'avait pas manqué de le remarquer, et elle était sûre que Wilkins était lui aussi conscient de ce qui se passait.

Sheila regrettait maintenant d'avoir confié à son père les merveilleux bijoux que lui avait légués sa mère. Cette dernière avait tenu à écrire un testament en faveur de sa fille unique dès qu'elle avait senti ses forces l'abandonner.

— Comme cela, quand tu porteras mes perles et mes diamants, tu penseras à moi, ma chérie...

— Je n'ai pas besoin de bijoux pour penser à vous, ma chère maman ! Ne parlez pas ainsi, je vous en supplie...

— Il ne faut pas se voiler la face, ma petite Sheila. Je sais que je suis très malade. Si je devais disparaître, je compte sur toi pour me remplacer auprès de ton père.

Le visage de la comtesse s'était assombri.

— Il poursuit toujours la même chimère... Son rêve ? Devenir millionnaire !

— Je ne le sais que trop, mère !

— Laisse-le avec ses songes. Il serait trop malheureux s'il revenait à la réalité et découvrait l'inanité de ses efforts. Promets-moi que tu ne lui feras jamais de reproches et que tu n'essaieras pas non plus de lui démonter que ses idées ne le mèneront jamais à rien.

— Je vous le promets, mère.

À cette époque, la châtelaine était déjà très atteinte par le mal qui devait l'emporter. Il y avait déjà plusieurs mois qu'elle ne quittait plus sa chambre. Sheila avait jugé inutile de lui apprendre que des bibelots de prix ne figurant pas à l'inventaire commençaient à disparaître...

« À quoi bon l'inquiéter ? » s'était-elle dit.

La jeune fille se redressa fièrement.

« Il est inutile d'avoir des regrets. Ce n'est pas en arrière que je dois regarder, mais devant moi. À vingt et un ans, je devrais être capable de mener ma vie sans avoir à demander quoi que ce soit à qui que ce soit ! »

Malgré tout, elle ne se sentait pas si rassurée que cela.

« Je n'ai jamais quitté le château – sauf quand je suis allée en pension et aussi lors de mes brefs séjours à Londres. »

Elle aurait dû faire son entrée dans le monde à dix-huit ans. Mais lorsqu'elle avait atteint cet âge, elle était en grand deuil : sa mère venait de mourir.

— Il faudra retarder tout cela d'un an, ma chérie, lui avait dit son père.

La jeune fille s'était essuyé les yeux.

— De toute manière, j'ai bien trop de peine pour aller danser.

Par la suite, jamais son père n'avait abordé le sujet. Et elle avait évité de lui en parler, car elle avait déjà compris qu'il se débattait dans d'inextricables difficultés d'argent. Dans ces conditions, comment aurait-il pu lui offrir de jolies toilettes et donner un bal en son honneur ?

C'était avec une certaine crainte que la jeune fille envisageait la possibilité de vivre seule. Au château, elle avait toujours eu de la compagnie : celle de ses parents, celle des domestiques qu'elle connaissait depuis toujours... celle de son chien et même celle de ses chevaux.

Elle caressa le labrador qui était venu appuyer sa tête sur son genou.

— Mon cher Dicky, tu as senti que j'avais des soucis...

Elle soupira.

— Que vais-je devenir ?

Soit, elle pouvait prétendre à un poste de secrétaire... Mais cela lui faisait peur de se lancer dans l'inconnu.

« La meilleure solution serait de persuader mon cousin de m'employer comme secrétaire. Il faudrait que je réussisse à le convaincre que je pourrais lui être très utile en restant au domaine... Je ne demande même pas à vivre au château ! Je me contenterais de l'un des petits cottages du village... »

Les larmes lui vinrent aux yeux à la pensée de devoir quitter sa jolie chambre blanc et bleu dont les fenêtres donnaient sur les arbres du parc.

En entendant un bruit de voix dans le hall, elle fronça les sourcils.

« Qui peut bien me rendre visite maintenant ? »

Serait-ce M. Clive qui était revenu, après s'être rendu compte qu'il avait oublié de lui annoncer une catastrophe de plus ?

« Je m'attends à tout ! » pensa Sheila en s'essuyant les yeux.

La porte du bureau s'ouvrit et, de la voix de stentor qu'il adoptait pour annoncer les visiteurs, Wilkins lança :

— Le comte de Rosswood, mademoiselle Sheila.

Il y avait bien longtemps que la jeune fille n'avait pas vu Thomas de Rosswood, et pourtant elle le reconnut dès le premier coup d'œil.

« Il a beaucoup vieilli », se dit-elle.

Le nouveau comte de Rosswood était un homme d'une cinquantaine d'années dont les cheveux, d'un noir de jais autrefois, étaient devenus gris. Quelques rides profondes creusaient son visage.

Il toisa la jeune fille sans aménité.

— Bonjour, Sheila. Vous devez être étonnée de me voir arriver sans vous avoir prévenue. La nouvelle de la mort de votre père m'est parvenue voici à peine une semaine. Je me trouvais en Espagne et vous vous doutez bien qu'il m'a été impossible de revenir en Angleterre à temps pour assister à l'enterrement...

Sans beaucoup de conviction, il termina :

— ... ce que je regrette.

Sheila lui tendit la main et se sentit mal à l'aise quand il lui serra le bout des doigts.

— Voulez-vous que je vous apporte du thé, milord ? demanda Wilkins. Ou bien préférez-vous quelque chose de plus fort ?

— Qu'avez-vous à me proposer ?

— Il reste une bouteille de champagne à la cave, milord, ainsi que quelques bouteilles de vin blanc.

Le nouveau comte réfléchit pendant quelques instants.

— Apportez-moi du vin blanc. Je boirai le champagne avec le dîner.

— Très bien, milord.

Après le départ du majordome, Thomas jeta un coup d'œil autour de lui avant de se tourner à nouveau vers sa jeune cousine.

— Vous habitez donc toujours au château?

Sheila baissa la tête.

— Oui, mon cousin.

Elle s'éclaircit la voix avant de poursuivre :

— Je ne savais pas où aller... Et j'espérais que ma présence ne vous dérangerait pas. Je suis capable de faire beaucoup de choses : mener la maison, vous aider à diriger le domaine, à tenir les livres de comptes, les registres de...

— Il n'en est pas question! coupa-t-il. J'aurai un secrétaire et un régisseur pour s'occuper de tout cela.

Sheila comprit qu'elle pouvait dire adieu à son espoir de rester à Rosswood pour seconder son cousin.

Ce dernier se mit à faire les cent pas.

— Je croyais que vous étiez déjà partie vous installer chez l'un ou l'autre des membres de votre famille! lança-t-il avec agacement.

— Chez qui, cousin Thomas? Il ne reste pratiquement plus de Rosswood...

— Et votre famille maternelle?

— Je n'ai jamais eu de contacts avec elle.

Le nouveau comte s'immobilisa brusquement, les bras croisés.

— Vous vous attendiez sérieusement à rester ici?

Il laissa échapper un rire sarcastique avant d'ajouter :

— Je ne vois pas pourquoi je devrais me charger de la fille d'un homme qui m'a toujours ignoré !

— Vous devez savoir que mon père ne m'a rien laissé... et que je ne sais pas où aller.

— C'est bien dommage pour vous !

— Mon cousin...

Il l'interrompit.

— Sachez, ma cousine, que je ne vois aucune raison pour vous héberger dans une demeure qui m'appartient désormais.

Et, haussant les épaules, il enchaîna :

— Votre père a toujours été incapable de gérer sa fortune. Il a dépensé à tort et à travers jusqu'à ce qu'il se retrouve complètement ruiné. Le château est dans un état déplorable – mais j'avoue que je m'y attendais plus ou moins !

Il ricana.

— Voilà où cela mène de jeter bêtement l'argent par les fenêtres !

— Vous ne devriez pas parler de mon père comme cela, protesta la jeune fille.

— Pourquoi pas ? Il faut accepter la réalité.

— Mon père espérait faire fortune et ce n'est pas sa faute si certains de ses investissements ont été malheureux...

— Il plaçait son argent en dépit du bon sens, oui !

Profondément blessée, Sheila sursauta.

— Mon cousin...

— Et le résultat, c'est que vous vous attendez maintenant à ce que je vous entretienne !

— N'en dites pas davantage, monsieur !

La jeune fille se dirigea vers la porte.

— Je partirai demain matin, poursuivit-elle d'une voix tremblante. Il est trop tard maintenant pour que je puisse songer à quitter la maison où je suis née. J'espère que vous ne me refuserez pas un lit pour la nuit et que vous me laisserez au moins le temps de faire mes bagages.

Sans attendre la réponse du nouveau comte, elle sortit. Dans le couloir qui menait au grand hall d'entrée, elle se tordit les mains.

« Où puis-je aller ? Que vais-je devenir ? » se demanda-t-elle avec désespoir.

Le majordome, qui se trouvait dans le hall, vint à sa rencontre.

— Mademoiselle Sheila ?

Un sanglot échappa à la jeune fille.

— Il faut que je parte dans les plus brefs délais, Wilkins. Le nouveau comte ne veut pas de moi...

2

Wilkins hocha la tête d'un air navré.

— Je me doutais bien que cela allait arriver... Suivez-moi, mademoiselle Sheila. Je vais vous montrer ce que nous avons organisé à votre intention.

— Comment cela ? demanda la jeune fille, étonnée.

— Vous allez voir.

Sheila lui emboîta le pas. Dans le long corridor qui menait à l'office, elle se revit enfant courant vers les cuisines où elle savait que Mme Wilkins ne manquerait pas de lui offrir un chocolat fourré, une tranche de gâteau ou un petit pot de crème...

« C'était ma maison... et je dois la quitter sans espoir de la revoir ? »

Cette nuit encore, elle pourrait dormir au château. Mais demain soir, sur quel oreiller poserait-elle sa tête ?

Mme Wilkins, qui était en train de préparer le dîner, leva la tête à leur entrée.

— Tu as l'air bien grave, Ben ! dit-elle à son mari. Que se passe-t-il ?

— Ce que je craignais est arrivé. Milord veut que Mlle Sheila parte d'ici.

— Quelle honte! Ah, il n'aura pas fallu longtemps à milord pour se montrer tel qu'il est en réalité!

— Nous nous y attendions, n'est-ce pas? fit le majordome avec fatalisme.

Sheila se sentit soudain tellement lasse qu'elle dut s'asseoir devant la longue table en chêne de la cuisine.

— Je n'en peux plus, murmura-t-elle, au bord des larmes.

Wilkins la regarda d'un air apitoyé.

— Voyez-vous, mademoiselle Sheila, nous étions sûrs que les choses allaient se passer de cette façon. Aussi ma femme et moi nous sommes-nous arrangés pour être prêts!

— Prêts? Prêts à quoi? demanda la jeune fille. Je ne comprends pas...

— Nous avions deviné que le nouveau comte ne voudrait pas de vous ici.

— Mais pourquoi? Il m'aurait à peine vue, je l'aurais aidé de mon mieux...

— Le défunt comte le méprisait et refusait de le recevoir. Cela l'a profondément humilié, et il a trouvé le moyen de se venger.

— Sur moi?

— Hélas!

Wilkins laissa échapper un profond soupir.

— Je voyais cela venir, mademoiselle Sheila. Voilà pourquoi j'ai pris quelques dispositions avant même la mort de votre père. Je n'aurais pas voulu que vous soyez complètement démunie...

La jeune fille laissa échapper un rire sans joie.

— Mais je le suis, Wilkins!

— Pour financer ses entreprises, milord avait besoin de capitaux.

— Il espérait toujours faire fortune...

— Et il a surtout gaspillé la sienne, conclut le vieux majordome.

La jeune fille joignit les mains.

— Je vous en supplie, Wilkins ! Ne dites pas de mal de mon père !

— C'est loin d'être mon intention, mademoiselle Sheila ! Je ne me suis jamais permis de juger milord. Mais j'ai des yeux pour voir, et personne ne pouvait m'empêcher de remarquer ce qui se passait ici...

Il s'assit en face de la jeune fille.

— Permettez-moi de résumer la situation. Après avoir dépensé tout l'argent qu'il possédait dans des affaires prétendument mirobolantes, mais qui faisaient faillite l'une après l'autre, milord a commencé à vendre ce qui pouvait l'être. C'est-à-dire l'argenterie, les tableaux ou les objets d'art qui ne figuraient pas sur la liste de l'inventaire dressé par les experts...

Sheila baissa la tête.

— Je sais tout cela...

Mme Wilkins jugea le moment d'intervenir.

— Vous pouvez dire que nous nous mêlons de ce qui ne nous regarde pas, mademoiselle Sheila. Mais cela nous aurait fendu le cœur de vous voir jetée à la porte de votre maison sans un penny...

— Ce qui est le cas, murmura la jeune fille.

— Justement non !

— Comment cela, Wilkins ?

— Comme je savais que milord était tout le temps en train de chercher les objets monnayables pour les vendre et avoir de quoi se lancer dans de nouvelles entreprises, je me suis permis...

Il s'interrompit d'un air gêné.

— Continuez, Wilkins.

— Eh bien, avant que milord ne mette la main dessus, je me suis permis de cacher quelques objets... Pas trop car je n'aurais pas voulu que l'on m'accuse de vol! Mais assez, à mon avis du moins, pour vous permettre de vivre pendant un certain temps sans trop de souci.

Il se leva et alla ouvrir un buffet.

— Voulez-vous jeter un coup d'œil à ce que j'ai réussi à sauver, mademoiselle Sheila?

La jeune fille s'approcha et découvrit, sous des linges d'une blancheur éclatante, une superbe collection d'orfèvrerie ancienne.

— C'est incroyable, je ne me souviens même pas de cela! s'exclama-t-elle. Où était-ce?

— Au fond d'une armoire de la petite salle à manger. Je crois bien que même milord ignorait l'existence de ces pièces d'orfèvrerie.

— Vous... vous avez réussi à les dissimuler à mon intention, Wilkins?

— Mais oui, mademoiselle Sheila.

Cette dernière se sentit quelque peu rassérénée.

— Je ne suis donc pas aussi démunie que je le craignais? Wilkins, je ne sais comment vous remercier...

— Ce n'est pas tout, mademoiselle Sheila.

Le majordome souleva d'autres linges sous lesquels se trouvaient des chandeliers anciens très recherchés par les collectionneurs, des tabatières incrustées de pierres précieuses, et plusieurs encriers en or que la jeune fille se souvint avoir vus autrefois dans les chambres d'amis.

— La vente de ces objets devrait vous permettre d'obtenir une belle somme, mademoiselle Sheila.

— Certainement !

— Je n'ai peut-être pas agi de manière très honnête en faisant main basse sur des choses qui ne m'appartenaient pas, admit le majordome d'un air confus. Mais je ne pensais qu'à votre avenir, mademoiselle Sheila. Et je me trouvais des excuses en me disant que, si milord avait découvert ces trésors avant moi, il les aurait aussitôt bradés pour les investir dans je ne sais quelle fumeuse affaire...

— Pauvre père ! Il espérait tant faire fortune ! Il aurait voulu rendre au château sa splendeur d'antan, engager une armée de domestiques, donner de grandes fêtes, m'offrir de merveilleuses robes de bal... et une énorme dot !

— Milord vivait dans les nuages, déclara le majordome. Et pendant ce temps l'argent devenait de plus en plus rare...

La jeune fille soupira.

— Les entreprises dans lesquelles il avait investi tant de temps et de capitaux faisaient faillite l'une après l'autre. Mais il continuait à rêver. Et il est mort sans avoir pu réaliser ses rêves...

— Tout ce que j'espère, mademoiselle Sheila, c'est qu'il ne peut pas vous voir en ce moment. Cela le rendrait bien malheureux d'apprendre que votre cousin vous a mise à la porte de la maison que vous avez toujours considérée comme la vôtre.

La jeune fille contempla les objets précieux

qui étincelaient dans l'un des buffets de la cuisine.

— Mais grâce à vous, Wilkins, je ne vais pas me retrouver sans un penny comme je le craignais. Comment pourrais-je vous remercier assez ?

— Ce que j'ai fait est bien naturel, mademoiselle Sheila.

— Oh, non ! Qui, à part vous, aurait eu l'idée de mettre de côté tout cela pour moi ?

— Je me faisais beaucoup de souci pour votre avenir, car je savais en quelle piètre estime le défunt milord tenait l'actuel milord... Je vous avoue que j'avais plus ou moins prévu ce qui vient de se passer.

— Merci, Wilkins, fit la jeune fille avec émotion. Du fond du cœur, merci ! Vous et votre femme êtes bien les seuls amis que j'aie en ce monde !

Elle se mit en devoir de remettre les linges immaculés sur les objets précieux que le majordome avait réussi à sauver.

— Mieux vaut cacher tout cela. Imaginez que mon cousin ait l'idée de venir dans la cuisine ?

— Cela me surprendrait beaucoup !

Après avoir fermé le buffet à clé, Wilkins déclara :

— Maintenant, mademoiselle Sheila, il faut que vous décidiez où vous voulez aller.

— Je l'ignore. Comme vous le savez, je n'ai pratiquement plus de famille...

— Du côté de milord, c'est certain. Mais du côté de la défunte milady ?

— Ma mère était originaire du nord de l'Écosse, et je n'ai jamais eu de contact avec les siens. Je ne pense pas qu'ils m'accueilleraient les bras ouverts !

Le majordome toussota d'un air gêné avant de déclarer :

— J'ai bien une idée, mais vous ne l'apprécierez peut-être pas...

— Dites-moi toujours de quoi il s'agit !

Wilkins hésita.

— Eh bien, mademoiselle Sheila...

Il paraissait de plus en plus mal à l'aise.

— Eh bien... puisque vous n'avez pas d'argent, vous pourriez peut-être faire comme nous.

— C'est-à-dire ?

Le majordome prit une profonde inspiration avant de lancer d'un trait :

— Travailler pour gagner votre vie.

— J'y ai déjà songé moi-même. Je pourrais prétendre à un emploi de secrétaire. Je sais faire la comptabilité, tenir les registres, diriger un domaine...

— C'est exactement à cela que je pensais, mademoiselle Sheila ! s'exclama le majordome.

Il s'était visiblement attendu à ce que la jeune fille proteste et semblait soulagé de constater que ce n'était pas du tout le cas – bien au contraire !

— J'ai souvent entendu le défunt milord chanter vos louanges, mademoiselle Sheila. « Sans elle, je ne sais pas ce que je ferais ! » assurait-il.

Wilkins soupira avant d'ajouter :

— Quel dommage que milord ne vous ait pas laissé administrer sa fortune ! Vous l'auriez fait fructifier au lieu de la dépenser à tort et à travers !

— À quoi bon se lamenter sur ce qui n'existe plus, Wilkins ?

— N'empêche que...

La jeune fille ne le laissa pas en dire davantage. Soit, il avait raison... Mais était-ce à un domestique, même le plus fidèle d'entre eux, de juger son maître ?

— Donc, vous jugez que je pourrais devenir secrétaire ?

— Je ne crois pas qu'il y ait tant de métiers accessibles à une jeune personne ayant eu des revers de fortune.

— Gouvernante ?

— Gouvernante ? Ah ! Vous êtes bien trop jeune et bien trop jolie !

Sheila réfléchissait.

— Et si je m'occupais de chevaux ? Cela, je sais le faire !

— Avez-vous déjà vu une femme manier la fourche, mademoiselle Sheila ? demanda Wilkins avec son bon sens habituel.

— Non, admit la jeune fille. Cela ferait rire tout le monde ! Eh bien, comme il n'est pas question de postuler à un emploi de palefrenier, je vais donc devenir secrétaire.

— Il y en avait une autrefois au château. Vous ne l'avez pas connue, vous étiez encore un bébé à cette époque. Elle prenait ses repas dans sa chambre et nous la respections beaucoup – surtout le samedi, quand elle nous remettait nos gages !

Sheila éclata de rire. Mais elle retrouva bien vite son sérieux.

— Reste à trouver quelqu'un ayant besoin d'une secrétaire ! Où faut-il s'adresser ? Cela ne va pas être facile... D'autant plus que lorsqu'il s'agit

35

de mener un domaine aussi vaste que celui-ci, je suppose que la plupart des gens préfèrent engager un homme ?

— C'est le cas, en général. Mais c'est probablement à une femme que la défunte milady aurait fait appel pour rédiger son courrier si vous n'aviez pas été là pour vous charger de cette tâche, mademoiselle Sheila.

— Vous avez raison.

— Beaucoup de dames de la haute société préfèrent avoir *une* secrétaire plutôt qu'*un* secrétaire. Par exemple, imaginez qu'une duchesse ait à dicter une lettre quand elle se trouve au lit... Ce serait fort embarrassant pour elle de faire venir un employé dans sa chambre !

Le frais éclat de rire de Sheila retentit de nouveau.

— Vous avez réponse à tout, Wilkins !

Impulsivement, elle alla embrasser le majordome et sa femme.

— Comme vous êtes bons, tous les deux ! Grâce à votre gentillesse et à votre prévoyance, je ne vais pas me retrouver du jour au lendemain réduite à la mendicité...

Elle jeta un coup d'œil au buffet ventru dans lequel se trouvait tout ce qui constituait désormais sa fortune.

— Je pense que vous devriez garder une partie de ces objets. Que deviendrez-vous, en effet, si mon cousin refuse de vous employer ?

— Pour cela, je suis rassuré, déclara Wilkins.

— Vraiment ?

— Oui, car dès son arrivée, le nouveau milord m'a demandé de rester, tout comme ma femme.

— Je comprends qu'il ne souhaite pas perdre une aussi bonne cuisinière, fit Sheila en souriant.

Avec une certaine gêne, elle ajouta :

— J'espère qu'il vous versera les gages qui vous sont dus...

Depuis plusieurs mois, la jeune fille s'était trouvée dans l'impossibilité absolue de payer ces deux fidèles serviteurs. Tous les autres étaient partis depuis longtemps, las de recevoir leur salaire avec retard – ou pas du tout !

Sheila crut entendre son père.

— Qu'ils ne s'inquiètent surtout pas ! Je leur donnerai le triple de ce que je leur dois. Cette fois, je suis sur une affaire fantastique ! Dans quelques semaines, tout doit se concrétiser et l'argent rentrera à flots !

Elle laissa échapper un profond soupir. Puis elle s'efforça de sourire.

— C'est bien joli de dire que l'on veut devenir secrétaire, Wilkins. Mais où trouve-t-on des offres d'emploi ? Dans les journaux, je suppose...

— Il faut que vous alliez à Londres, mademoiselle Sheila. C'est là que tout se passe. Ce n'est pas à la campagne que vous trouverez des agences de placement !

— Ah, non !

En s'efforçant de cacher son appréhension, la jeune fille déclara :

— Donc, je vais me rendre à Londres...

— Je vous y accompagnerai, dit le majordome.

— Comment pouvez-vous quitter le château si vous avez promis à mon cousin d'y rester ?

— Je lui ai dit que j'allais être obligé de

m'absenter pendant quelques jours pour des affaires de famille.

La jeune fille esquissa un sourire amer.

— Vous aviez vraiment tout prévu !

— Mademoiselle Sheila, il faut tout prévoir dans la vie !

— Je commence à m'en rendre compte...

— Demain, nous partirons pour Londres !

— Où logerons-nous ? demanda Sheila, qui s'inquiétait des détails pratiques.

— Dans l'hôtel particulier des Rosswood ! Là où vous auriez dû danser tous les soirs.

— Nous ne pouvons pas aller là, Wilkins ! Cette maison ne nous appartient plus depuis longtemps. Auriez-vous oublié que mon père l'a vendue à l'un de ses amis ?

La jeune fille pinça les lèvres.

— Il disait toujours que ce dernier l'avait grugé, si bien qu'ils ne se parlaient plus quand par hasard ils se rencontraient dans un salon.

— Le propriétaire de l'hôtel particulier des Rosswood n'a pas besoin de savoir que vous êtes là, mademoiselle Sheila. Le majordome, M. Newman, m'a dit que, si un jour je devais aller à Londres, il y aurait toujours de la place pour moi.

— Et... et pour moi aussi ?

— Bien sûr ! Au moins, cela vous évitera d'avoir à payer une chambre d'hôtel. Et je peux vous assurer que la nourriture est aussi bonne à l'office que dans la salle à manger – pour ne pas dire meilleure !

La jeune fille sourit, amusée.

— Une fois arrivés à Londres, que ferons-nous ?

— Tout d'abord, il faudra vendre tout cela, dit le majordome en désignant le buffet en chêne. Je

m'en chargerai. Il vaut mieux, en effet, que vous ne vous en occupiez pas vous-même... Car si les marchands pensent que vous êtes une dame de la haute société qui a besoin d'argent pour s'acheter quelques colifichets, ils ne vous proposeront pas grand-chose. Moi, ils me prendront probablement pour un voleur... et ils n'oseront pas me gruger, car on sait que les malfaiteurs ont la rancune tenace !
— Mon Dieu !
— Il faut savoir se défendre, mademoiselle Sheila ! Vous avez besoin d'argent et je m'arrangerai pour que vous en ayez le plus possible.
— Vous êtes vraiment trop gentil, Wilkins.
Avec angoisse, elle demanda :
— Et Dicky ? Que va-t-il devenir ? Je ne peux pas l'emmener à Londres...
— Ne vous inquiétez surtout pas, mademoiselle Sheila, dit Mme Wilkins. Votre chien restera avec moi à la cuisine. Il sait que je lui donne toujours de bonnes pâtées.
— Merci, madame Wilkins. Je vais pouvoir partir rassurée sur le sort de Dicky.
Elle soupira.
— Mon Dieu ! Que serais-je devenue sans vous ?
Après un silence, elle demanda :
— Votre ami, M. Newman, connaîtra peut-être quelqu'un qui cherche une secrétaire ?
— Tout est possible, mais je pense que vous aurez intérêt à vous adresser à une agence de placement. Il y en a justement une tout près de l'hôtel particulier des Rosswood : l'agence de Mme Hill.
— Mais oui ! Je me souviens que c'était là que

ma mère allait quand elle avait besoin de personnel.

Mme Wilkins se tourna vers son mari.

— Je crois que tu as oublié quelque chose !

— Quoi donc ?

Le majordome se frappa le front.

— Suis-je bête !

Il alla ouvrir un tiroir et en sortit un sac en papier brun. Celui-ci contenait un petit écrin en cuir et, quand il en fit jouer le fermoir, Sheila reconnut l'une des bagues que portait sa mère autrefois : une merveilleuse bague au centre de laquelle étincelait un énorme diamant entouré de plusieurs autres diamants plus petits.

— Comment avez-vous réussi à préserver cela ? s'écria-t-elle. Je croyais que mon père avait vendu tous les bijoux de ma mère... Cela m'avait fait beaucoup de peine. J'essayais de le cacher mais quand il s'en est aperçu, il m'a promis de me couvrir de joyaux encore plus beaux... une fois que la société qu'il était en train de créer lui rapporterait des millions de bénéfices.

— Ah ! Milord et ses millions ! soupira le majordome.

Sheila se dit qu'il devenait un peu trop familier. Mais pouvait-elle se permettre de lui faire la moindre admonestation alors qu'elle lui devait tant ? Si elle n'allait pas mourir de faim, ce serait bien grâce à lui !

Comme s'il avait deviné ses pensées, Wilkins déclara :

— J'ai compris qu'il fallait que je fasse quelque chose le jour où j'ai vu les plats en argent disparaître.

Il hocha la tête.

— Après les plats, milord a pris des tableaux et des bibelots... Je savais qu'il en arriverait un jour aux bijoux de milady – même si c'était à vous qu'ils étaient légués, mademoiselle Sheila !

— Comment avez-vous pu prendre cette bague sans que mon père s'en aperçoive ? Je crois que c'était la plus belle pièce que possédait ma mère.

— Milady possédait beaucoup de bijoux... Et milord n'a pas dû faire très attention : il était toujours pressé quand il choisissait quelque chose à vendre.

À mi-voix, comme pour lui-même, Wilkins ajouta :

— Car même s'il était persuadé que tout cela allait lui être rendu au centuple, je crois qu'il avait mauvaise conscience...

Son analyse rejoignait celle du majordome, mais Sheila fit mine cependant de ne pas avoir entendu.

— Je suis bien contente que vous veniez à Londres avec moi, Wilkins.

— Je demanderai au vieux Bill de préparer la meilleure voiture et les meilleurs chevaux. Nous partirons à six heures du matin, avant que le nouveau milord ait le temps de se rendre compte de quoi que ce soit.

— Ne devrions-nous pas lui demander la permission d'emprunter une voiture ?

— Pour qu'il dise non ? Certainement pas ! De toute manière, comme il vient à peine d'arriver et pense surtout à boire du vin au lieu de visiter le domaine, il ne sait pas encore combien il y a de chevaux aux écuries.

— Et s'il l'apprend ? S'il vous fait des remontrances ?

— Bah ! Il sait déjà que je dois m'absenter. S'il se rend compte que j'ai pris une voiture et des chevaux, je lui répondrai qu'il fallait bien que je vous emmène à Londres chez l'une de vos tantes, puisque vous n'aviez pas d'argent pour payer votre voyage.

— Cet homme est un monstre ! s'écria Mme Wilkins. Comment a-t-il osé vous ordonner de quitter le berceau de votre famille ? La maison où vous êtes née ? Et cela, sans même vous laisser le temps de vous retourner ?

Sa voix changea.

— Mademoiselle Sheila, tant que nous serons de ce monde, vous savez que vous pourrez venir nous trouver.

— Merci, madame Wilkins. Du fond du cœur, merci !

La cuisinière se mit à marmotter quelques paroles indistinctes.

— Que dites-vous, madame Wilkins ?

Cette dernière hésita à peine.

— Si vous voulez mon avis, je vous trouve bien trop jeune pour travailler ! lança-t-elle d'un ton bien senti.

— Il n'y a pas d'autre solution.

— Vous avez jusqu'à présent mené une existence très protégée et vous n'êtes pas préparée à faire face aux noirceurs de ce monde. Si mon mari m'avait écoutée, je vous aurais cachée dans un coin du château...

— Mais si le nouveau milord avait découvert Mlle Sheila, il l'aurait jetée dehors... et nous aussi, par la même occasion, coupa le majordome. Or après avoir travaillé ici pendant près de cinquante ans, je me vois mal, à mon âge, cherchant un autre emploi !

— Vous êtes ici depuis un demi-siècle ? s'écria Sheila avec stupeur.

— Quand j'ai été engagé par M. Matthew, l'ancien majordome, comme groom, j'avais quatorze ans.

— L'année suivante, j'avais moi aussi quatorze ans lorsque l'ancienne cuisinière, Mme Johnson, m'a engagée comme fille de cuisine, dit Mme Wilkins. C'est elle qui m'a appris tout ce que je sais !

— Tout comme M. Matthew m'a appris mon métier, fit le majordome.

Sheila alla les embrasser l'un après l'autre.

— Vous faites vraiment partie de cette maison, dit-elle avec émotion.

— Nous avons toujours eu l'impression d'être chez nous ici, mademoiselle Sheila...

— Tout ce que j'espère maintenant, c'est que mon cousin Thomas saura vous traiter avec bonté et reconnaître vos mérites.

— Ne vous inquiétez pas pour nous, mademoiselle Sheila ! Nous savons tenir notre place, mais nous savons aussi nous faire respecter.

Un peu plus tard, Wilkins accompagna la jeune fille dans sa chambre.

— Je suppose que vous ne souhaitez pas dîner avec le nouveau milord... commença-t-il.

Sheila laissa échapper un rire amer.

— Si vous croyez que mon cousin souhaite avoir ma compagnie !

— Je vous monterai un plateau à sept heures. Et je vais vous apporter deux ou trois malles pour que vous fassiez vos bagages.

— Merci, Wilkins.

Une fois seule, la jeune fille contempla sa chambre avec des yeux pleins de larmes.

« C'est donc la dernière nuit que je vais passer ici ? » se demanda-t-elle avec désespoir.

Cette pièce, à laquelle un petit boudoir faisait suite, était l'une des plus jolies de la maison. Mais la chambre qu'avait occupée sa mère était infiniment plus grandiose ! On l'appelait la chambre de la reine, car c'était là qu'avait dormi la reine Élisabeth Ire, au seizième siècle, très peu de temps après son couronnement.

Quand Wilkins lui apporta, l'une après l'autre, quatre énormes malles qu'il était allé chercher au grenier, la jeune fille poussa de hauts cris.

— Jamais je n'aurai assez de vêtements pour remplir tout cela !

— Probablement pas, mademoiselle Sheila. Mais j'ai pensé que vous aimeriez emporter certaines des toilettes de milady. Vous pourriez certainement tirer un bon prix de son manteau de fourrure...

— Aurai-je le courage de le vendre ?

Le majordome soupira.

— Peut-être n'aurez-vous jamais l'occasion de porter les toilettes de milady, mais je suis sûr que vous n'aimeriez pas que le nouveau milord touche aux merveilleuses robes du soir qui sont restées dans les placards de la chambre de la reine.

Sheila frissonna à cette perspective.

— Je vais tout emporter avec moi. D'ailleurs il est bien possible que certaines des toilettes que ma mère portait l'après-midi me soient utiles. Elles étaient discrètes et pratiques... parfaites pour une secrétaire !

3

Sheila et Wilkins partirent le lendemain matin, un peu avant six heures, dans la voiture préférée du défunt comte de Rosswood : une élégante berline dont les portières vert bouteille étaient soulignées d'une étroite ligne dorée.

Une légère brume montant de la rivière flottait sur les pelouses. Elle s'effilochait autour des cheminées du château, auquel elle donnait des allures féeriques.

Sheila eut l'impression que son cœur se déchirait.

« C'est si beau ! » pensa-t-elle avec désespoir.

Pendant que la voiture descendait l'allée bordée d'une triple rangée de chênes centenaires, elle se demanda si elle reviendrait un jour à Rosswood.

« Probablement jamais ! Il faut que je me fasse une raison ! »

Quand la voiture passa entre les deux battants de la haute grille en fer forgé, elle eut toutes les peines du monde à ne pas éclater en sanglots.

Comprenant sa détresse, Wilkins respectait son

silence. Il attendit qu'ils soient à plusieurs kilomètres du domaine pour déclarer :

— Nous ferions bien de nous arrêter pour prendre notre petit-déjeuner.

— C'est vous qui décidez, Wilkins, fit la jeune fille d'un air absent.

— Ce n'est pas bon de voyager l'estomac vide.

— Si vous voulez, nous pouvons faire halte à l'auberge des Trois Renards.

Le majordome hocha la tête en souriant.

— Figurez-vous, mademoiselle Sheila, que c'était exactement ce que je me disais ! Le défunt milord ne manquait jamais d'aller aux Trois Renards quand il passait par cette route.

— Je m'en souviens. Il disait que c'était la meilleure auberge de la région.

Après avoir confié leur voiture à un garçon d'écurie, Sheila et Wilkins se rendirent dans la salle du restaurant. Seuls deux autres clients étaient déjà attablés devant un solide petit-déjeuner.

Sans demander son avis à la jeune fille, Wilkins alla s'installer à l'autre bout de la pièce.

— Ne m'en veuillez pas si je vous traite comme si vous étiez ma fille au cours de ce voyage, dit-il à mi-voix. Mieux vaut que personne ne se doute de votre identité. Il est inutile que les gens apprennent que la fille du comte de Rosswood a été jetée à la porte par son cousin et qu'elle est désormais obligée de travailler pour vivre.

— Vous avez raison. Je vous suis très reconnaissante de veiller sur moi comme vous le faites.

— J'espère que vous trouverez un poste de secrétaire dans une bonne maison...

— Je prendrai ce que l'on m'offrira. Je ne peux pas me permettre de faire la difficile.

— Vous ne pouvez pas accepter n'importe quoi, mademoiselle Sheila !

— Au point où j'en suis !

— Ne vous découragez pas à l'avance. Et n'oubliez jamais que, si un jour les choses vont mal, vous pouvez toujours revenir à Rosswood.

— Ah, c'est mon cousin qui serait content ! s'exclama la jeune fille d'un ton sarcastique.

— Il n'aurait pas besoin de le savoir. Le château est si grand que ma femme et moi trouverions bien le moyen de vous héberger sans que le nouveau milord se doute de quoi que ce soit... surtout si vous restez à la cuisine !

— Peut-être est-ce cela que j'aurais dû faire au lieu de me lancer à l'aventure.

— Considérez plutôt cela comme un dernier recours, mademoiselle Sheila. Honnêtement, je ne pense pas que vous seriez très heureuse cachée dans les communs, sans avoir la possibilité d'aller choisir des livres dans la bibliothèque, de vous promener dans le parc ou de monter à cheval.

La jeune fille laissa échapper un rire sans joie.

— J'ai emporté mes amazones parce que je ne voulais pas les laisser au château. Mais je doute que l'on permette à une secrétaire de monter à cheval !

— Cela ne s'est jamais vu, admit le majordome. En revanche, tout le monde comprendra qu'une secrétaire cultivée souhaite lire. S'il y a une bibliothèque dans la maison où vous allez vivre, personne ne s'étonnera que vous alliez y emprunter des livres.

Sheila baissa la tête.

— Mais s'il n'y a pas de bibliothèque et si je n'ai pas le droit de monter à cheval, je vais horriblement m'ennuyer !

— Cela m'étonnerait, dit Wilkins en souriant. Vous êtes-vous jamais ennuyée au cours de votre existence ?

— Non, mais...

— N'oubliez pas que vos journées seront très occupées puisque vous aurez du travail. Il ne faut pas tout voir en noir, mademoiselle Sheila !

« Il a raison, pensa la jeune fille. Je ne dois pas craindre l'avenir... Après tout, je suis une adulte : j'ai vingt et un ans ! À cet âge-là, je devrais être parfaitement capable de mener ma vie sans l'aide de quiconque. »

Ils arrivèrent à Londres vers onze heures du matin. La circulation était intense et les trottoirs semblaient noirs de monde.

Sheila n'avait pas eu l'occasion de venir en ville depuis que son père avait vendu l'hôtel particulier des Rosswood pour lancer une société qui – cette fois, cela ne pouvait pas manquer ! – allait faire sa fortune.

Lorsqu'ils arrivèrent à Park Lane, elle n'eut pas de peine à reconnaître la maison où elle était venue plusieurs fois étant enfant. Elle se revit penchée à la fenêtre de sa chambre pour regarder passer les voitures et les cavaliers.

— Wilkins, demanda-t-elle avec inquiétude, pensez-vous que les domestiques risquent de me reconnaître ?

— Cela m'étonnerait, mademoiselle Sheila.

N'oubliez pas que vous aviez à peine dix ans la dernière fois que vous êtes venue à Londres.

Avec un sourire presque paternel, il ajouta :

— Je peux vous dire que vous avez beaucoup changé depuis ce temps-là !

Bien entendu, il n'était pas question de passer par la porte d'entrée principale ! Wilkins fit le tour par-derrière et entra dans l'écurie. Comme il n'y avait personne, ils dételèrent eux-mêmes la voiture avant de mettre les chevaux dans des stalles voisines. Après leur avoir donné du foin, de l'eau et de l'avoine, ils traversèrent le jardin et firent leur entrée dans la cuisine.

M. Newman, le majordome, était là et accueillit Wilkins avec beaucoup de chaleur.

— Cela me fait très plaisir de vous revoir ! lui dit-il. Il y a bien longtemps que vous n'êtes pas venu à Londres... Je commençais à me demander si je vous reverrais un jour.

— J'étais à la campagne, comme vous le savez.

— Au château de Rosswood !

— C'est cela.

— Il paraît que milord est mort ?

— Hélas ! Monsieur Newman, j'ai laissé sous le hangar la voiture que mon maître a eu la bonté de me prêter. Cela ne va pas trop déranger ?

— Pensez-vous !

— Et comme il n'y avait personne à l'écurie, je me suis permis de mettre les chevaux dans deux stalles vides.

— Vous avez bien fait. Ne vous inquiétez pas, je préviendrai les palefreniers. J'espère que vous allez passer quelques jours avec nous, monsieur Wilkins !

— À vrai dire, monsieur Newman, je suis assez

pressé de retourner au château de Rosswood. Mais il fallait que j'accompagne ma nièce à Londres. Je n'ai pas voulu la laisser voyager seule, elle est si jeune encore...

— Vous avez bien fait.

Quand la jeune fille vit le majordome la toiser avec une certaine suffisance, elle comprit qu'il n'avait aucune idée de sa véritable identité.

— Ces petites provinciales n'ont aucune idée des dangers qui les guettent dans la grande ville!

— Là, vous avez tout à fait raison, monsieur Newman, assura Wilkins.

— Que vient faire votre nièce à Londres?

— Elle a de l'instruction, voyez-vous, et elle cherche un emploi de secrétaire. J'ai l'intention de la conduire à l'agence de placement de Mme Hill... à moins que vous ne connaissiez quelqu'un cherchant une secrétaire?

— Honnêtement, je ne vois pas.

— Votre maître, peut-être...

M. Newman leva les yeux au ciel.

— Lui? Il écrit lui-même toutes ses lettres et ne confierait à personne le soin de faire ses comptes! Il est tellement près de ses sous...

— Un maître avare, c'est fâcheux!

— Je ne vous le fais pas dire! Voici trois mois, la fille de cuisine qui aidait ma femme est partie. On a demandé à milord la permission d'engager une remplaçante... «Je vais y réfléchir», a-t-il répondu. On attend toujours!

Il soupira.

— Autrefois, du temps du comte de Rosswood, tout était si facile! Je n'avais qu'à lever le petit doigt et milord disait: «Embauchez tout le personnel nécessaire!» C'était un grand seigneur, lui! Il savait vivre! Il ne lésinait pas!

«Et voilà où cela m'a menée», pensa Sheila avec amertume.

— Asseyez-vous donc! dit Mme Newman, la cuisinière en désignant un coin de la table.

Dès que Sheila et Wilkins se furent installés, elle leur apporta des assiettes de viande froide et de fromage.

— Voilà de quoi vous remettre du voyage, dit-elle à la jeune fille. Il faut que vous mangiez un peu plus, mon petit, vous n'avez que la peau sur les os!

Sheila, qui n'avait pas l'habitude que l'on s'adresse à elle avec autant de familiarité, réussit à cacher sa stupeur.

— Je suis mince, pas maigre! protesta-t-elle avec un sourire contraint.

— Maigre comme un clou, oui! fit Newman avec un gros rire. J'espère que Mme Hill va vous trouver une maison où vous serez nourrie convenablement. Parce que je n'ai pas l'impression que vous étiez très bien soignée, là où vous étiez avant.

— Oh, si!

Voyant l'embarras de la jeune fille, Wilkins s'empressa d'intervenir.

— Ma nièce ressemble à sa mère qui n'a jamais été bien grosse.

Il se leva.

— Maintenant que, grâce à Mme Newman, nous nous sommes restaurés, nous devrions aller jusqu'à l'agence de placement pour demander à Mme Hill ce qu'elle peut nous proposer. Mais avant cela, monsieur Newman, pensez-vous que nous pourrons rester ici pendant une nuit ou deux ?

— Naturellement ! Ne vous avais-je pas dit qu'il y aurait toujours un lit pour vous ici ? Personne ne va jamais voir ce qui se passe à l'étage de service. Je peux vous proposer deux chambres là-haut.

— Merci beaucoup, monsieur Newman. Ma nièce et moi aurions été bien désolés de devoir donner de l'argent à un hôtelier !

— J'aurais été très vexé. Sachez, monsieur Wilkins, que tant que je serai majordome à Londres, vous aurez toujours le gîte et le couvert.

— C'est vraiment très gentil de votre part.

— L'agence de placement est par là, si mes souvenirs sont exacts, dit Wilkins en entraînant Sheila du côté de Grosvenor Square.

Chemin faisant, il déclara :

— Vous voyez, M. Newman ne se doute pas du tout que vous êtes la fille du défunt comte de Rosswood.

— Tant mieux !

— Tant mieux, oui... Car s'il savait qui vous êtes, il ne manquerait pas de raconter à tout le monde que lady Sheila de Rosswood cherche du travail.

— Les amis de mes parents seraient très choqués d'apprendre que le nouveau comte m'a ordonné de quitter le château de mes ancêtres.

— Cette histoire ferait du bruit dans les salons. Mais je peux vous dire que ce n'est pas pour cela que ce beau monde aurait l'idée de vous venir en aide !

— Vous avez une piètre opinion des gens, Wilkins.

— J'ai vu vivre les grands de ce monde, mademoiselle Sheila. On dit qu'il est impossible d'avoir des secrets pour son valet de chambre...

— C'est ce que l'on dit, en effet.

— Et il n'y a rien de plus vrai! Un homme reste un homme, avec quelques qualités et beaucoup de défauts, qu'il soit duc ou balayeur.

— J'espère que je ne deviendrai jamais aussi désabusée que vous.

— Je l'espère pour vous. Mais tout peut arriver, hélas, mademoiselle Sheila.

En voyant, un peu plus loin dans la rue, l'enseigne de l'agence de placement, la jeune fille fronça ses sourcils à l'arc parfait, qui étaient, comme ses cils, d'une nuance un peu plus soutenue que celle de ses cheveux.

Elle s'arrêta brusquement.

— Wilkins, je pense tout d'un coup...

— À quoi donc, mademoiselle Sheila?

— ... que je ne peux pas me présenter sous mon nom à Mme Hill!

— Mon Dieu! J'allais oublier le plus important! Mademoiselle Sheila, comme il vous faut des références pour prétendre à un emploi, vous allez désormais vous appeler Mlle Sheila Ash.

— Je ne comprends pas. Tout d'abord, je n'ai aucune référence... Ensuite, pourquoi Ash?

De nouveau, elle fronça les sourcils.

— Ce nom me dit quelque chose... N'était-ce pas celui du secrétaire de mon père? Celui qui est mort des suites d'une jaunisse?

— C'est bien cela, mademoiselle Sheila. J'ai trouvé dans l'un des tiroirs de milord deux excellentes lettres de recommandation au sujet de M. Stephen Ash ! Il faut que je vous les donne avant que vous ne vous présentiez devant Mme Hill.

— Voyons, Wilkins, avec toute la bonne volonté du monde, je ne peux pas me prétendre être un homme !

Le majordome ne put s'empêcher de rire.

— Non, bien entendu. Ce que j'ai omis de vous dire, c'est que ces certificats sont au nom de M. S. Ash, ce qui peut très bien passer pour Mlle Sheila Ash.

— Wilkins, vous êtes plein de ressources ! J'aurais dû penser moi-même que j'aurais besoin de références.

Elle soupira.

— Mais il faut dire que mon expérience en tant que demandeuse d'emploi est jusqu'à présent bien limitée !

— Voici vos lettres de recommandation, mademoiselle Sheila.

La jeune fille déplia la première, qui était signée d'un lord.

Je n'ai eu qu'à me louer des services de M. S. Ash, qui a travaillé pour moi comme secrétaire pendant un an. Sa culture, son professionnalisme et sa discrétion sont exemplaires.

La seconde lettre disait à peu près la même chose. Lorsque cela avait été nécessaire, Wilkins avait adroitement remplacé *il* par *elle*.

La jeune fille ne put s'empêcher de sourire en remarquant cela.

— Comme je le disais il y a deux minutes,

Wilkins, vous êtes plein de ressources ! J'aurais été bien embarrassée si Mme Hill m'avait demandé des références !

— Vous en avez deux, et fort louangeuses, ma foi !

— Je suppose que Mme Hill ne m'aurait pas engagée sur ma bonne mine !

Sheila mit les lettres dans son sac avant d'entrer chez Mme Hill avec Wilkins. Tous deux gravirent l'étroit escalier qui menait à une salle d'attente située au premier étage. Sur des bancs dépourvus de dossier étaient assises une douzaine de personnes – vraisemblablement des valets ou des femmes de chambre en quête d'emploi.

La jeune fille s'apprêtait à les rejoindre, mais Wilkins la prit par le bras et l'entraîna jusqu'au bureau situé sur une estrade. Une femme d'un certain âge, toute vêtue de noir, écrivait sur un registre. Elle prit tout son temps avant de lever la tête.

— Oui ? fit-elle d'un ton peu amène.

— Bonjour, madame Hill. Je suis M. Wilkins, le majordome du comte de Rosswood.

En entendant ce nom, l'attitude de la responsable de l'agence changea. Elle esquissa même un petit sourire.

— Que puis-je pour vous, monsieur Wilkins ?

— La jeune personne que je vous amène cherche un poste de secrétaire. Elle travaillait pour le comte de Rosswood qui était très content de ses services...

— Et pourquoi a-t-elle quitté son emploi ?

— Le comte est mort récemment, madame, dit Wilson d'un air grave.

— Oh ! Comme c'est triste... Je savais qu'il

avait vendu son hôtel particulier de Park Lane et était allé vivre à la campagne.

— C'est cela. Mlle Ash est une excellente secrétaire et je suis sûr que, si milord était toujours de ce monde, il lui donnerait les meilleures références qui soient.

Wilkins soupira.

— Il nous a quittés pour un monde meilleur avant de pouvoir le faire, hélas !

Mme Hill remonta ses lunettes sur son front et examina la jeune fille.

— Vous n'avez donc aucune référence à me présenter ?

— Si, madame.

Sheila sortit de son sac les deux lettres que Wilkins venait de lui remettre.

— Les voici.

Mme Hill les parcourut avant de les lui rendre.

— Vous avez de bonnes recommandations, je dois l'admettre. Mais je vous dirai franchement qu'il est très difficile pour *une* secrétaire de trouver du travail.

Tout en feuilletant un dossier, elle poursuivit :

— Je vois là deux clients potentiels... malheureusement ils ont spécifié qu'ils voulaient un homme.

— Mlle Ash est une si bonne secrétaire que vos clients seraient sûrement très contents de l'employer, madame Hill, assura Wilkins. Elle a hâte de retrouver un emploi et...

— Tout le monde est pressé d'avoir du travail ! coupa la responsable de l'agence d'un ton sec. Votre protégée n'est pas la seule, figurez-vous !

Sheila se raidit : elle n'avait pas l'habitude d'essuyer de telles rebuffades. Voyant qu'elle s'apprêtait à partir, Wilkins la retint car Mme Hill venait d'ouvrir un registre en murmurant :

— Attendez une seconde.

Elle se pencha vers les pages couvertes d'une écriture anguleuse.

— J'aurais peut-être quelque chose...
— Chez une personne de la haute société ? demanda Wilkins.
— Tous mes clients sont de la haute société, rétorqua Mme Hill avec hauteur. Mais celui-ci est particulièrement important et je ne peux lui envoyer qu'une personne très capable.

Wilkins hocha la tête.

— Mlle Ash est très capable. Et qui est ce client si important ?

Sheila craignit que cette question trop directe n'ait pour effet de fâcher Mme Hill. Pas du tout... Celle-ci parut au contraire très fière d'annoncer :

— Le duc de Craigstone !

Wilkins ne cacha pas sa surprise.

— Le duc de Craigstone ? Mais je le croyais mort !
— Il a été gravement malade pendant plusieurs années et sa santé reste chancelante. L'atmosphère n'est donc pas des plus gaies chez lui. D'ailleurs, le dernier secrétaire que je lui ai envoyé n'a pas tenu plus de quelques mois. « On s'ennuie trop dans cette maison », m'a-t-il dit. J'ai pu lui proposer un poste à Paris, auprès d'un diplomate, et je vous assure qu'il n'a pas hésité une seconde à l'accepter.
— S'il avait envie de voyager, je le comprends, dit Wilkins. Je peux vous assurer, madame Hill, que Mlle Ash a l'habitude des personnes âgées et malades. Sa patience et sa douceur sont éton-

nantes. Je l'ai vue en compagnie du comte et de la comtesse de Rosswood... elle était parfaite !

— Elle peut toujours faire un essai... fit Mme Hill sans beaucoup d'enthousiasme. Mais, comme vous pouvez vous en douter, la décision finale ne me revient pas.

Elle se tourna vers la jeune fille et l'étudia d'un air critique.

— Vous êtes bien jeune...

— Le comte et la comtesse de Rosswood n'avaient qu'à se louer des services de Mlle Ash, s'empressa de dire Wilkins. La connaissant, je suis persuadé qu'elle donnera toute satisfaction au duc de Craigstone.

— Il faudrait tout d'abord que votre protégée demande un rendez-vous à M. Charles de Craigstone, le fils du duc. C'est lui qui m'a demandé de trouver un secrétaire pour son père. S'il décide que Mlle Ash peut faire l'affaire, elle pourra commencer immédiatement à travailler.

Wilkins n'hésita pas.

— Très bien. Peut-elle aller se présenter maintenant à M. Charles de Craigstone ?

— Vous semblez très pressé, monsieur Wilkins.

— C'est le cas ! J'aimerais pouvoir retourner à Rosswood dans les plus brefs délais, mais je voudrais avant cela être certain que Mlle Ash a un bon emploi.

Après une pause, il reprit :

— Certes, le nouveau comte de Rosswood m'a permis de prendre quelques jours, ce n'est cependant pas une raison pour exagérer.

— Je comprends cela. Écoutez, vous pouvez toujours aller vous présenter à l'hôtel particulier des Craigstone...

— Maintenant ?

— Pourquoi pas ? Au moins vous saurez tout de suite à quoi vous en tenir.

— Où se trouve cet hôtel particulier ?

— À Grosvenor Square.

— C'était bien ce qu'il me semblait, dit Wilkins qui aimait avoir l'air de tout connaître de la haute société.

Mme Hill prit une carte à son nom et y traça quelques lignes.

— Voici l'adresse de milord. Vous n'aurez qu'à remettre cette carte à M. Bates, le majordome, en disant que vous venez de ma part.

Elle ôta ses lunettes et son regard vif alla de Wilkins à la prétendue secrétaire.

— Mais ne soyez pas trop déçus si milord déclare qu'il ne peut être question d'engager Mlle Ash sous prétexte qu'elle est une femme. À ce moment-là, vous n'aurez qu'à revenir me voir et j'essaierai de vous proposer autre chose.

— Merci beaucoup, madame Hill, dit Wilkins. Vous avez été aussi aimable que compréhensive et efficace – comme à l'ordinaire.

— Je fais ce que je peux pour tenter d'arranger tout le monde.

— Merci beaucoup, madame, dit à son tour Sheila un peu timidement.

— Au revoir, mademoiselle Ash, fit Mme Hill d'un ton qui signifiait que l'entretien était terminé.

La jeune fille attendit d'être dehors pour déclarer :

— Nous avons eu de la chance !

— Ne vous réjouissez pas trop vite car rien n'est encore fait.

— C'est vrai, mais j'ai l'impression que nous sommes sur la bonne voie...

— Même si l'on vous engageait, ne vous attendez pas à trouver un emploi exceptionnel. Pour qu'il ait tant de mal à garder un secrétaire, le duc ne doit pas être très facile à vivre. Sinon les gens feraient la queue pour être employés...

— Cela n'a pas l'air d'être le cas.

— Bien au contraire !

Wilkins hocha la tête.

— Je vous avoue que, si vous réussissiez à être engagée chez le duc de Craigstone, je serais rassuré, car je saurais que vous êtes dans une maison respectable. Par ailleurs...

Il toussota avant de reprendre avec une certaine gêne :

— Par ailleurs, si le duc est très âgé et malade, il ne risque pas de vous importuner comme serait capable de le faire un homme plus jeune.

Ce fut d'une voix presque inaudible qu'il marmonna :

— C'est que les jolies filles livrées à elles-mêmes courent beaucoup de risques !

Sheila s'immobilisa.

— Mon Dieu ! Je n'ai pas pensé à cela un instant...

— Cela ne m'étonne pas, mademoiselle Sheila. Comme ne cesse de le répéter ma femme, vous avez jusqu'à présent mené une existence très protégée. Vous ignorez tout des noirceurs de ce monde !

— Je ne suis pas une oie blanche, Wilkins ! protesta la jeune fille.

— Je n'ai jamais dit cela...

— J'ai beaucoup lu, je sais énormément de choses.

— Ce que l'on apprend dans les livres n'est pas forcément d'une grande utilité dans la vie de tous les jours, déclara le majordome d'un ton docte.

— Je vous l'accorde.

Après un silence, Sheila enchaîna :

— Il serait peut-être plus prudent que je cherche un poste de secrétaire auprès d'une dame plutôt qu'auprès d'un monsieur.

Wilkins sourit avec indulgence.

— Ne vous inquiétez pas ! Je doute qu'un vieil homme malade puisse vous faire grand mal.

— Nous allons donc tout de suite voir le duc ?

— Pourquoi attendre ? Autant battre le fer quand il est chaud !

Ils se rendirent à Grosvenor Square, qui était tout près de là.

— Voici l'hôtel particulier des Craigstone, dit Wilkins en désignant une superbe demeure derrière laquelle on devinait un vaste jardin.

Il gravit les marches du perron et sonna. La porte fut aussitôt ouverte par un valet vêtu d'une élégante livrée bleu marine ornée de lisérés d'or. Il les regarda d'un air interrogateur.

— C'est au sujet du poste de secrétaire, lui dit Wilkins.

— Ah !

— Mme Hill, de l'agence de placement, nous a demandé de nous présenter.

— Je vais dire à M. Bates que vous êtes ici.

Les laissant attendre dans le hall, le valet disparut et revint quelques minutes plus tard avec un homme d'un certain âge aux impressionnants favoris gris.

Ce dernier ne pouvait être que le majordome et Wilkins lui tendit la main.

— Bonjour, monsieur Bates. Je suis M. Wilkins, le majordome du défunt comte de Rosswood.

Le visage de Bates s'éclaira et il serra chaleureusement la main de son collègue.

— Bonjour, monsieur Wilkins !
— Nous sommes envoyés par Mme Hill...
— La directrice de l'agence de placement ?
— Exactement, monsieur Bates. Mme Hill pense que Mlle Ash, qui était au service du comte de Rosswood, serait une parfaite secrétaire pour milord. Elle nous a demandé de nous présenter au fils de milord, M. Charles de Craigstone.

— Milord est parti hier pour la campagne. Mais il m'a demandé de prendre moi-même la décision si, par hasard, quelqu'un venait se présenter pour ce poste.

— Mlle Ash devrait vous donner entière satisfaction. Le défunt comte de Rosswood était très content de ses services, je peux l'assurer. Malheureusement, la mort l'a emporté avant qu'il ait le temps de rédiger un certificat... Mais Mlle Ash en a d'autres, qui sont excellents.

Sheila tendit au majordome du duc les lettres de référence au nom de M. S. Ash.

— Voici, monsieur Bates.

Ce dernier les étudia avec soin.

— Ces références me semblent très satisfaisantes. Si vous voulez bien me suivre, mademoiselle, je vais vous montrer le bureau qui va devenir le vôtre.

Il les emmena dans un corridor qui menait aux cuisines et ouvrit une porte située sur la gauche.

— Voici votre domaine, mademoiselle Ash.

Ce bureau ressemblait beaucoup à celui qu'occupait autrefois le secrétaire du père de la jeune fille. Aussi elle ne fut nullement dépaysée en voyant les registres en toile noire et les boîtes en carton vert qui s'empilaient sur les étagères. Mais cette pièce était bien sombre car elle donnait sur un mur situé à seulement deux ou trois mètres, alors qu'à Rosswood, on pouvait voir par la fenêtre les arbres du parc et un grand coin de ciel bleu.

Wilkins adressa un sourire à la jeune fille.

— Mademoiselle Ash, on se croirait dans le bureau que vous occupiez au château de Rosswood !

— C'était exactement ce que je pensais.

Sheila se tourna vers le majordome.

— Puis-je vous poser une question, monsieur Bates ?

— Je vous en prie.

— Qui habite ici ? À part le duc de Craigstone, bien entendu.

— Eh bien, il y a les deux fils de milord. M. Charles, son fils aîné, et le cadet, M. Rupert. Mais M. Rupert est en voyage à l'étranger. Quant à milady, elle est morte il y a cinq ans et milord ne s'en est jamais remis.

Sheila porta la main à son cœur.

— Quel dramatique accident ! Si mes souvenirs sont exacts, un incendie s'est déclaré dans l'un des bâtiments des communs du château de Craigstone. Et c'est en tentant de sauver sa chienne et les chiots que celle-ci venait d'avoir que la duchesse de Craigstone est morte.

— C'est bien cela, fit Bates avec tristesse. Quelle terrible tragédie...

— Comme c'est triste ! s'exclama Wilkins. Et maintenant, milord est malade ?

— Voilà plusieurs mois qu'il est alité. Mais son état s'est brusquement aggravé et les médecins n'ont guère laissé d'espoir à ses fils.

— Comme c'est triste ! répéta Wilkins.

Bates en revint à des considérations plus immédiates.

— Mlle Ash va avoir beaucoup de travail pour rattraper le retard. Il y a maintenant trois semaines que le secrétaire est parti... Et nous n'avons pas reçu nos gages depuis !

— N'ayez crainte, je m'occuperai de cela en priorité, promit la jeune fille.

— Quand pouvez-vous commencer à travailler ? lui demanda Bates.

Sheila réfléchit pendant quelques instants.

« Je ne vois pas de raison pour retourner dans la maison qui avait été celle de mes parents. Surtout pour y occuper une chambre de service... »

Elle fronça les sourcils.

« Il est probable qu'ici aussi, je serai logée dans l'une des mansardes du dernier étage... Mais je suis prête à l'accepter, car ce ne sera pas la même chose que dans une demeure où j'ai eu droit à l'une des plus belles chambres. »

— Quand pouvez-vous commencer à travailler, mademoiselle Ash ? redemanda Bates.

La jeune fille n'hésita pas davantage.

— Maintenant, si vous voulez.

Wilkins hocha la tête d'un air approbateur.

— Pourquoi pas ? Vous n'avez qu'à rester ici, mademoiselle Ash. Ainsi, vous pourrez commencer à vous familiariser avec la maison. Pendant ce temps, j'irai chercher vos bagages.

— Merci beaucoup.

Bates posa sur le bureau les références que Sheila lui avait remises.

— Peut-être devriez-vous les garder pour les montrer au fils de milord ? suggéra la jeune fille.

— Cela ne me semble pas nécessaire.

— Au contraire ! Il faut lui prouver que je suis capable de tenir ce poste.

— Milord m'a laissé carte blanche en son absence, mademoiselle Ash.

— Mais s'il tenait à engager un homme, il risque de me renvoyer...

Bates éclata de rire.

— Cela m'étonnerait ! M. Charles ne sera que trop content d'apprendre que Mme Hill a enfin trouvé quelqu'un. Entre nous, je crois qu'il craignait un peu d'en être réduit à faire le travail lui-même...

Wilkins se frotta les mains.

— Alors tout est arrangé ?

— Il me semble, lui dit Bates.

La jeune fille alla embrasser le vieux majordome qu'elle connaissait depuis tant d'années.

— Merci ! Merci de m'avoir tant aidée.

Tout bas, Wilkins déclara :

— Si par hasard les choses tournaient mal, revenez à Rosswood. Ma femme et moi nous arrangerons pour vous cacher.

— Merci, répéta-t-elle. Du fond du cœur, merci !

Sheila et Bates accompagnèrent Wilkins jusqu'à la porte d'entrée.

— Je serai là dans une heure avec tous vos bagages, mademoiselle Ash, assura le dévoué majordome avant de descendre les marches du perron.

— Vous êtes trop gentil.

Quand la porte se referma, la jeune fille se sentit soudain bien seule dans cette demeure inconnue.

« Je me suis introduite ici sous un faux nom et avec de fausses références... Tout ce qu'il me reste à espérer maintenant, c'est que la supercherie ne soit pas découverte. Et aussi que le secrétariat du duc ne soit pas plus compliqué que celui de mon père. »

4

Comme il l'avait promis, Wilkins revint peu après en fiacre avec les bagages de la jeune fille. Lorsque Bates vit le nombre de malles qui s'empilaient dans le hall, il ouvrit de grands yeux.

— Par exemple ! Vous avez donc tant de vêtements que cela, mademoiselle Ash ?

Sheila n'était pas encore habituée à ce que les domestiques lui parlent aussi familièrement.

« Il faut que je me souvienne à chaque instant de ma position », se dit-elle, une fois le premier instant de stupeur passé.

S'obligeant à sourire, elle déclara :

— Il y a dans ces malles tout ce que je possède, monsieur Bates.

Ce qui était l'entière vérité, hélas !

— Mlle Ash n'a plus de maison, expliqua Wilkins. Elle a perdu ses parents et n'a aucune famille.

— C'est bien triste qu'une aussi jeune personne soit seule au monde ! fit Bates avec compassion.

Il se mit à réfléchir, les sourcils froncés.

— Voyons, je ne peux pas pouvoir vous donner la chambre de l'ancien secrétaire : elle serait bien trop petite pour contenir tous ces bagages ! Comment allons-nous nous débrouiller ?

Son visage s'éclaira.

— J'ai une idée ! Vous allez vous installer dans la nursery. Ainsi vous aurez toute la place que vous voulez.

Sheila ne put s'empêcher de rire.

— Me voilà revenue bien des années en arrière !

Bates lui adressa un regard surpris. Il semblait trouver fort bizarre qu'une simple secrétaire ait été élevée dans la nursery d'une grande maison... Puis il pensa qu'elle plaisantait et se mit à rire à son tour.

— Il y a de longues années que la nursery n'a pas été utilisée, comme vous devez vous en douter. Et cela m'étonnerait qu'elle ait l'occasion de servir avant bien longtemps, pour la bonne raison que les jeunes milords ne semblent pas du tout pressés de se marier.

— Les jeunes milords sont à la campagne, m'avez-vous dit ? demanda Wilkins.

— Le fils aîné de milord, M. Charles, est allé hier au château de Craigstone. Quant à M. Rupert, le cadet, il est toujours en voyage ! Je crois bien qu'il est en Chine en ce moment.

— En Chine ! s'exclama Sheila. Comme j'aimerais aller là-bas !

Le majordome, croyant qu'elle plaisantait, se remit à rire. Puis il appela deux valets.

— John ! Derek ! Vous allez monter les bagages de Mlle Ash à la nursery.

Celle-ci se trouvait au deuxième étage, à côté de la lingerie.

— Cela vous fera un escalier de moins à monter, dit M. Bates. Les chambres de service sont au troisième.

— Je serai très bien là, assura la jeune fille.

La nursery avait été régulièrement entretenue et Bates donna des ordres pour que l'on prépare l'étroit lit en fer où dormait autrefois la gouvernante des fils du duc.

Sheila trouvait cependant assez déprimante l'ambiance de cette enfilade de pièces qui auraient eu un grand besoin d'être repeintes.

«La nursery de Rosswood était beaucoup plus accueillante!» pensa-t-elle.

Elle tenta de se raséréner.

«Malgré tout, je crois que je serai beaucoup mieux ici que dans une mansarde du troisième étage.»

La jeune fille passa toute la journée du lendemain dans le bureau. À force d'étudier les dossiers, elle comprit plus ou moins quelles seraient les tâches principales qu'elle aurait à effectuer.

Elle réussit même à ouvrir le vieux coffre-fort qui était dans un coin de la pièce. Après avoir compté l'argent qu'il contenait, elle jugea qu'il ne lui serait pas nécessaire d'aller à la banque: il y avait là largement de quoi payer tous les gages en retard des domestiques.

Après cela, elle mit un peu d'ordre sur les étagères, s'efforçant de les arranger le plus élégamment possible.

«Je n'ai jamais vu des choses aussi tristes que ces boîtes noires qui contiennent les archives!» pensa-t-elle.

Et, d'autorité, elle les cacha au fond d'une armoire.

Puis elle alla trouver Bates et lui demanda s'il serait possible d'avoir des fleurs.

— J'aimerais avoir un petit bouquet sur mon bureau.

Le majordome parut trouver cette requête très drôle.

— Jamais les secrétaires qui vous ont précédée n'ont eu l'idée de réclamer des fleurs ! Il faut dire que c'étaient des messieurs...

— Est-ce une raison ?

Le majordome sourit.

— Pour moi, oui, mademoiselle Ash ! Mais n'ayez crainte, vous aurez vos fleurs ! Je demanderai à la femme de charge de ne pas oublier de vous en apporter quelques-unes lorsqu'elle renouvellera les bouquets.

— Merci beaucoup. C'est très gentil de votre part. J'ai toujours vécu à la campagne et je me rends compte que cela me manque de ne pas voir des fleurs et de la verdure.

Ses chevaux lui manquaient encore plus. Mais cela, elle ne pouvait pas le dire. Elle avait déjà appris qu'il y avait de magnifiques pur-sang dans les écuries qui se trouvaient au bout du jardin.

« Je sais bien que je ne pourrai jamais les monter. Mais dès que j'aurai un peu de temps, je pourrai au moins aller les voir », se promit-elle.

En fin d'après-midi, alors que la jeune fille était en train de vérifier la liste des gages qu'elle aurait à payer à la fin de la semaine, un homme fit son entrée dans son bureau.

Il était grand, jeune et très beau avec son

visage aux traits réguliers, son menton volontaire et son nez légèrement aquilin.

La jeune fille, qui avait tout de suite été frappée par son allure imposante, se dit qu'elle se trouvait probablement devant le fils aîné du duc. Et, n'oubliant pas sa position, elle se leva respectueusement.

— Bonjour, mademoiselle Ash, dit-il en lui tendant la main. Bates vient de m'apprendre que Mme Hill nous avait enfin envoyé un secrétaire.

Il sourit, ce qui le fit paraître encore plus jeune et encore plus séduisant.

— Je ferais mieux de dire *une* secrétaire !

— Je suis très heureuse de pouvoir occuper un poste très semblable à celui que j'avais à la campagne, dit-elle.

Charles de Craigstone souriait toujours.

— Vous ne devez pas travailler depuis très longtemps.

— Oh, si ! prétendit-elle. Je suis plus âgée que je n'en ai l'air.

Elle lui tendit ses deux certificats.

— Voici les lettres de références que m'ont données mes précédents employeurs. Le comte de Rosswood, dont j'ai été la secrétaire pendant près de deux ans, n'a malheureusement pas pu me donner de références...

Elle baissa la tête en s'efforçant de retenir ses larmes.

— Il est mort.

— Oui, j'ai appris cela.

Le fils du duc ne semblait pas encore revenu de sa surprise. Il était évident qu'il ne s'attendait pas à ce que la nouvelle secrétaire soit aussi jeune, aussi jolie et aussi élégante.

— Mademoiselle Ash, je suis venu vous trouver car vous pourrez peut-être me rendre service. En effet, j'ai besoin d'une grosse somme dans les plus brefs délais. Bates m'a dit que l'on gardait toujours de l'argent liquide dans le coffre-fort. S'il y en avait suffisamment, cela m'éviterait d'aller à la banque.

— J'ai vérifié le contenu du coffre. Cela correspond exactement aux comptes laissés par le précédent secrétaire. Mais j'ai trouvé étrange que l'on garde de pareilles sommes dans le vieux coffre de ce bureau. Bates m'a dit que les secrétaires avaient l'habitude de retirer ce qu'il leur fallait pour un mois au lieu de se rendre à la banque chaque semaine.

— Par paresse, tout simplement ! Cela leur évitait un déplacement...

— Combien vous faut-il... milord ? demanda Sheila en allant ouvrir le coffre-fort.

Il parut soucieux.

— Cela m'étonnerait que vous ayez assez.

— Tout dépend de la somme dont vous avez besoin, rétorqua la jeune fille, étonnée qu'il n'ait pas encore cité de chiffre.

Charles de Craigstone parut soudain très las. Après avoir rejeté ses cheveux en arrière dans un geste machinal, il se laissa tomber lourdement sur l'une des chaises dures qui étaient disposées en face du bureau de la jeune fille.

Sheila se rassit.

— Vous avez des ennuis, devina-t-elle. Puis-je vous aider ?

— Cela me surprendrait beaucoup.

Après un silence, il déclara :

— Je me trouve devant un problème. Un terrible problème que je ne sais comment résoudre.

Il paraissait tellement anxieux que la jeune fille ne put s'empêcher de déclarer avec assurance :

— J'ai l'habitude de résoudre les problèmes, pour la bonne raison que je n'ai fait que cela au cours des deux ans qui viennent de s'écouler.

— Vous ? lança-t-il, visiblement sceptique.

— Mais oui, moi ! N'hésitez pas à me dire ce qui vous tracasse. Peut-être trouverai-je une solution ?

— Ce serait trop beau ! fit-il avec amertume.

Avec un soupir, il poursuivit :

— Tout le monde rencontre des difficultés dans la vie. Mais les miennes sont vraiment inextricables.

Sheila jugea plus sage de garder le silence car elle se rendait compte que ce serait une erreur de se montrer trop curieuse.

Charles de Craigstone reprit enfin la parole.

— Vous n'êtes ici que depuis très peu de temps, mais vous devez déjà savoir que mon père est très malade et que jamais il ne se remettra.

Son visage s'assombrit.

— Les médecins ne m'ont pas caché qu'il était perdu.

Si la jeune fille ne fit aucun commentaire, son expression en disait plus que de longs discours. Cela mit visiblement Charles de Craigstone en confiance.

— Le problème dont je vous parlais ne me concerne pas personnellement, même si j'en subis le contrecoup, reprit-il. C'est mon frère Rupert qui est impliqué.

Sheila haussa les sourcils.

— Mais je croyais que votre frère était en Chine !

— Il l'était... Et il vient de revenir dans des circonstances tellement bizarres que ma première réaction a été de prévenir la police.

La jeune fille sursauta.

— Quoi ? La police ? Qu'a-t-il pu bien faire pour...

— Ce n'est pas lui qui est à blâmer. Voilà ce qui se passe : mon frère est maintenu prisonnier par une bande de malfaiteurs chinois qui n'accepteront de le relâcher qu'en échange d'une importante rançon.

— Mon Dieu ! s'écria Sheila, atterrée. Vous avez raison, il faut immédiatement prévenir la police.

— Les ravisseurs de Rupert ont menacé de le tuer si je prévenais les autorités.

— Oh ! fit seulement la jeune fille, qui était devenue d'une pâleur de cire.

— Et je crains fort, si je leur donne ce qu'ils demandent, de ne pas réussir pour autant à obtenir sa libération.

— Pourquoi ? S'ils touchent la rançon demandée...

— Ces bandits sont prêts à tout ! Je les crois capables de torturer Rupert. Et même de le tuer !

Sheila se mordit la lèvre inférieure presque au sang.

— C'est horrible !

Elle porta la main à son cœur avant de demander d'une voix presque inaudible :

— Comment avez-vous appris cela ?

— L'on m'a remis avant-hier à mon club une

lettre écrite par mon frère – vraisemblablement sur les instructions de ses ravisseurs.

La jeune fille haussa les sourcils.

— Pourquoi cette lettre a-t-elle été portée à votre club plutôt qu'ici?

— Je suppose que mon frère a préféré donner l'adresse de mon club à ses geôliers de crainte que sa lettre ne tombe entre les mains de mon père. Ce dernier est si faible qu'un coup pareil le tuerait!

— Votre frère a donc appris que votre père était au plus mal?

— Je lui ai écrit il y a environ un mois en lui disant que, s'il vouait revoir son père vivant, il devait prendre le chemin du retour sans tarder. Je suppose qu'il s'est mis aussitôt en route. Le malheur a voulu que le bateau qu'il a loué pour revenir dans les plus brefs délais appartienne à une bande de criminels!

— C'est trop de malchance!

— Ceux-ci ont vite compris qu'en jouant bien leurs cartes, ils pouvaient gagner beaucoup plus que le prix déjà élevé qu'ils ont réclamé pour le voyage.

— Quel est le montant de la rançon demandée?

— Dix mille livres sterling.

— Il s'agit d'une somme énorme!

Après quelques minutes de réflexion, la jeune fille déclara:

— Je reconnais que vous vous trouvez dans une situation bien difficile.

— Vous ne m'apprenez rien!

— Et je me rends compte que le moindre faux pas peut coûter la vie de votre frère.

— C'est bien cela, mademoiselle Ash. Vous avez parfaitement compris la situation.

— Et vous n'avez pas encore contacté la police comme vous en aviez eu tout d'abord l'intention ?

— Mon frère m'a dit de ne le faire en aucun cas, si je ne voulais pas qu'il lui arrive malheur.

— Vous pensez que si ces criminels apprenaient que vous êtes allé trouver la police, ils seraient capables de repartir immédiatement pour la Chine ?

— Certainement. Et après avoir tué leur prisonnier pour éviter qu'il ne témoigne contre eux ! termina Charles avec accablement.

— Ne désespérez pas. Je suis sûre qu'il y a une solution...

— Hum !

— Il y a *toujours* une solution, affirma-t-elle. Tout d'abord, ces bandits savent-ils que votre frère est le fils cadet du duc de Craigstone ?

— Je le suppose. Sinon ils n'auraient pas demandé une pareille rançon.

— À qui avez-vous parlé de cela jusqu'à maintenant ?

— À personne – sauf à vous.

Il la regarda avec surprise. Il semblait se demander comment il avait pu se confier à une parfaite inconnue.

— Vous avez bien fait, déclara la jeune fille. Les nouvelles, surtout les mauvaises, se répandent avec la vitesse de l'éclair. Les journaux s'empareraient vite de l'affaire ! Or, quand on porte un nom comme le vôtre, il vaut mieux éviter tout scandale.

— Vous voyez la situation de manière si claire !

En passant la main sur son front dans un geste égaré, il murmura :

— Je me demande comment j'en suis arrivé à vous parler de tout cela !

— Vous avez eu raison. Et je vous assure que vous pouvez compter sur mon entière discrétion.

— Merci.

— Oui, vous avez eu raison, répéta la jeune fille. Car j'ai une idée...

Elle hésita avant d'enchaîner :

— Une idée que vous allez probablement trouver assez... farfelue.

— Dites toujours ! Je suis prêt à tout tenter pour libérer mon frère.

— Je crois que, si nous nous y prenons bien, nous devrions réussir, fit la jeune fille à mi-voix, comme pour elle-même.

— *Nous ?* répéta Charles de Craigstone en la regardant avec une soudaine méfiance.

— Vous et moi.

— Mais que pouvez-vous faire ?

— Le hasard veut que je possède quelques notions de chinois.

Cette fois, la stupeur de Charles de Craigstone ne connut plus de bornes.

— Vous, mademoiselle Ash ? Vous parlez chinois ? Comment est-ce possible ?

— Mon père voyageait beaucoup et... euh, et pour l'aider dans ses affaires, je me suis mise à apprendre les langues étrangères.

— C'est incroyable !

Sheila ne jugea pas utile d'expliquer que des Chinois avaient réussi à persuader le comte de Rosswood de placer son argent en Chine dans des sociétés toutes plus douteuses les unes que les autres.

Persuadé que cela lui serait remboursé au centuple, le comte n'avait pas hésité à se lancer dans l'aventure. Et, bien évidemment, il avait perdu jusqu'au dernier penny des sommes investies.

— Pensez-vous, mademoiselle Ash, que vous pourriez faire entendre raison aux hommes sans scrupule qui retiennent mon frère prisonnier ?

— Je suis prête à tout tenter pour cela. Où se trouvent les ravisseurs de votre frère ?

— À bord d'un bateau. C'est là que je suis censé apporter la rançon de dix mille livres sterling qu'ils demandent.

— Et même après avoir payé cette rançon, vous craignez de ne jamais revoir votre frère vivant ?

— Je les crois capables de tout. De le tuer comme de l'emmener en Chine pour le faire travailler jusqu'à l'épuisement, comme un esclave.

— C'est épouvantable !

— Oui, c'est épouvantable…

Après un silence, Charles reprit :

— Certes, je suis prêt à donner tout ce que je possède pour sauver mon frère. En même temps, cela me rend furieux de penser que ces bandits vont empocher une somme énorme de manière aussi abjecte.

— Je suis de votre avis. Laissez-moi réfléchir…

Sheila ferma les yeux pour mieux se concentrer. L'espace d'un instant, Charles oublia ses soucis pour contempler le ravissant visage de la secrétaire que leur avait envoyée Mme Hill.

La jeune fille se redressa.

— Savez-vous où est amarré le bateau où votre frère est retenu prisonnier ?

— Oui.

— Nous allons aller là-bas immédiatement. Ce qu'il faut, c'est que vous réussissiez à persuader ces tristes personnages que vous êtes un homme extrêmement important et qu'ils peuvent obtenir de vous bien davantage que l'argent qu'ils réclament.

— Je ne comprends pas.

— Si ces bandits pensent que, grâce à vous, ils peuvent gagner des sommes énormes, ils oublieront ces dix mille livres sterling.

Charles de Craigstone haussa les sourcils.

— Dix mille livres, c'est pourtant beaucoup d'argent ! Une véritable fortune...

— Je le sais ! Et tout ce que j'espère, c'est qu'ils n'en verront pas la couleur ! Si nous jouons nos cartes avec adresse, nous les prendrons à leur propre jeu !

Sheila alla ouvrir le coffre-fort.

— Il y a mille livres sterling ici. Nous allons leur porter cela.

— Mille livres au lieu de dix mille ? Si vous croyez que cela leur suffira !

— Bien sûr que non. Mais il faudra alors leur faire miroiter des possibilités de gagner des sommes infiniment plus importantes que celle à laquelle ils s'attendaient au départ.

Charles de Craigstone demeura silencieux. Il avait peine à croire que le plan de la jeune secrétaire soit réalisable. Mais elle paraissait tellement sûre d'elle qu'il ne lui venait pas à l'idée de protester.

Elle lui remit l'enveloppe dans laquelle elle venait de mettre les billets.

— Cela ne me fait pas plaisir de leur donner

cela, murmura-t-elle. Mais pour appâter le poisson, il faut mettre quelque chose d'appétissant sur l'hameçon !

Amusé par cette comparaison, Charles ne put s'empêcher de sourire.

— Maintenant, vous allez ordonner que l'on attelle vos plus beaux chevaux à votre plus belle voiture, reprit la jeune fille. Pendant ce temps, je vais monter me changer. Il faut que j'aie l'air d'une grande dame pour arriver à impressionner ces bandits. À tout de suite !

Déjà, elle était sortie. Encore mal revenu de sa surprise, Charles de Craigstone l'entendit courir dans le couloir.

« Quelle étrange secrétaire ! se dit-il. Mais si elle parle chinois comme elle le prétend et si elle parvient à tirer Rupert de ce mauvais pas, je suis prêt à faire tout ce qu'elle demande. »

Il avait souvent taquiné son cadet qui ne rêvait que de parcourir le monde. Mais jamais il ne l'avait empêché de partir, estimant que les voyages valaient bien l'éducation que l'on dispensait dans les universités.

Pendant ce temps, Sheila était en train de mettre l'une des plus jolies toilettes que sa mère lui avait offertes : une robe en soie rose ornée de volants et de bouillonnés.

Elle crut entendre la voix de la disparue.

— Quand tu feras ton entrée dans le monde, j'espère que tu seras invitée à une *garden party* au palais de Buckingham. Cette toilette sera idéale pour l'occasion !

La jeune fille se coiffa ensuite d'un chapeau orné de roses.

« Si ma pauvre mère apprenait qu'en fait de *garden party* à Buckingham, je vais aller traiter avec des malfaiteurs chinois... »

Pour compléter sa tenue, il lui fallait quelques bijoux. Ce fut à ce moment-là qu'elle regretta amèrement de ne plus avoir le collier de perles de sa mère.

Elle se gourmanda :

« Je ne suis pas si à plaindre que cela ! J'ai au moins la bague en diamants que Wilkins a réussi à sauver... »

Elle avait laissé dans l'une de ses malles fermée à clé tous les objets précieux que le fidèle majordome avait subtilisés à son intention, mais elle avait jugé plus prudent de garder la bague de sa mère dans son sac.

Charles de Craigstone l'attendait en bas de l'escalier. Quand il la vit apparaître, il laissa échapper une exclamation stupéfaite – et admirative.

— Vous vouliez avoir l'air d'une grande dame...

— La métamorphose est-elle réussie ? demanda-t-elle d'un ton léger.

— À un point tel que je n'en reviens pas.

— La voiture est-elle prête ?

— Elle nous attend.

Bates, le majordome, regardait la jeune fille avec des yeux ronds. Il était sidéré par sa transformation, si bien qu'il ne trouva rien à dire et se contenta de faire signe à un valet pour qu'il ouvre la porte.

Sheila passa la première d'un air impérial. Ce fut seulement lorsqu'elle se trouva dans la superbe calèche aux armes des Craigstone qu'elle éclata de rire.

— Avez-vous vu l'expression de Bates ?

— Le pauvre doit être en train de se pincer en se demandant s'il ne rêve pas. Quant aux Chinois, ils vont certainement être très impressionnés par votre apparence !

— Ils le seront également par la vôtre.

— On dirait que vous arrivez tout droit de la Cour.

— Reste à espérer que mon chinois – qui est tout de même assez rudimentaire –, me permettra de leur dire... ce que j'ai à leur dire.

Charles de Craigstone demeura silencieux. Il commençait à se demander s'il n'avait pas eu tort de suivre aveuglément les consignes de cette étrange jeune personne.

« Et comment une simple secrétaire peut-elle posséder une aussi élégante toilette ? Si elle apparaissait dans un salon ainsi vêtue, elle éclipserait toutes les jolies femmes... »

Le cocher, auquel Charles avait déjà donné ses instructions, se dirigea vers la Tour de Londres.

Dès que la voiture s'arrêta, un valet vint ouvrir la portière.

— Nous voilà arrivés, dit Charles.

Il sortit et tendit la main à la jeune fille pour l'aider à descendre.

— Voici le bateau à bord duquel se trouvent les bandits, dit-il en désignant un petit cargo qui se trouvait à l'ancre à une certaine distance des berges.

— Ils sont prudents, remarqua Sheila. Ils ne se sont pas mis à quai et nous allons être obligés de nous faire conduire là-bas en barque...

— Cela devrait être facile. Il y en a toujours deux ou trois qui attendent pour transporter les visiteurs jusqu'aux bateaux qui sont à l'ancre sur la Tamise.

Charles fit signe au propriétaire de la barque la plus proche.

— Conduisez-nous jusqu'à ce cargo, ordonna-t-il.

— Tout de suite, milord.

Sheila s'assit à côté du fils du duc sur la banquette en bois. Et moins de cinq minutes plus tard, les rameurs arrivèrent à côté du bateau à bord duquel Rupert de Craigstone était gardé prisonnier.

Deux Chinois se penchèrent au-dessus du bastingage et, visiblement surpris par l'élégance de leurs visiteurs, firent aussitôt descendre une échelle de corde pour leur permettre de monter à bord.

Charles regarda la jeune fille avec inquiétude.

— Vous sentez-vous capable de tenter l'escalade ?

— Bien sûr. Ce n'est pas une échelle qui me fait peur ! Mais je ne voudrais pas salir ma robe.

— Ce serait dommage !

Ils arrivèrent sur le pont sans difficulté.

Sheila regarda autour d'elle et se dit que ce bateau aurait eu un grand besoin d'être repeint – et nettoyé !

Avisant les deux marins qui les regardaient avec stupeur, elle ordonna en chinois :

— Conduisez-nous auprès de votre capitaine.

Les Chinois, qui étaient loin de s'attendre à ce qu'une élégante Anglaise soit capable de s'exprimer dans leur langue, demeurèrent pendant quelques instants sans voix.

— Vous m'avez entendue? demanda Sheila avec une pointe d'inquiétude. Vous avez compris ce que je vous ai dit?

Les deux marins s'inclinèrent très bas.

— Oui, Altesse!

Sheila adressa à Charles un coup d'œil ironique.

— Voilà qu'ils me donnent de l'Altesse!

— Suivez-nous, demanda l'un des marins en s'inclinant de nouveau.

Il conduisit les visiteurs dans une salle à manger assez sordide. La nappe qui recouvrait la table était couverte de taches et l'on voyait des baguettes sales ainsi qu'un bol de riz traîner sur une autre table graisseuse.

— Attendez ici, Altesse, dit le marin. Je vais chercher le capitaine.

Quelques minutes plus tard, un homme de petite taille, robuste et trapu apparut. Son visage demeura impassible tandis qu'il examinait ses visiteurs en silence.

Sheila, qui avait un sixième sens pour juger les gens, avait deviné dès le premier instant que cet homme n'avait aucun scrupule.

«Il doit être prêt à tout pour de l'argent!» pensa-t-elle.

Il s'inclina à son tour – pas aussi bas que les marins –, et demanda:

— Quoi veut vous?

Son anglais était si mauvais que Sheila jugea préférable de lui parler en chinois.

— Nous sommes venus vous trouver car nous savons que M. Rupert de Craigstone se trouve à bord, dit-elle en ôtant ses gants de chevreau.

85

M. Rupert n'est autre que le fils du duc de Craigstone. Voici son frère, M. Charles de Craigstone, qui est très influent dans ce pays. Sa Majesté la reine Victoria n'entreprend rien sans lui demander conseil.

Visiblement, le Chinois ne s'attendait pas à un tel discours. Une lueur étonnée passa dans ses yeux bridés. Mais cela ne dura que l'espace d'une fraction de seconde... Déjà, il avait repris son impassibilité.

Son regard cupide se posa sur la bague qui étincelait au doigt de Sheila.

« S'il pouvait me l'arracher, il n'hésiterait pas ! » se dit la jeune fille.

— Vous apportez de l'argent ? interrogea-t-il.

— Oui, nous vous avons apporté de l'argent. Mais avant de vous le remettre, je tiens à vous dire que vous agissez de manière stupide.

Sidéré, le Chinois ouvrit la bouche, la referma, la rouvrit encore...

— Stupide ? répéta-t-il.

— Vous avez ici un prisonnier. Le fils de l'un des hommes les plus importants de ce pays...

— Si cet homme important veut revoir son fils, qu'il me donne de l'argent.

— Croyez-vous que, étant donné les circonstances, l'argent soit si important que cela ?

Le capitaine du vieux cargo laissa échapper un rire aigu.

— L'argent est toujours important !

— Vous êtes un commerçant ?

— C'est cela.

— Vous apportez régulièrement de Chine des denrées ou des objets que vous revendez avec un gros bénéfice en Angleterre ?

— C'est cela, répéta-t-il.

— Et en réclamant une rançon pour libérer M. Rupert de Craigstone, que vous gardez prisonnier alors qu'il vous avait déjà largement payé le prix de son voyage jusqu'en Angleterre, vous pensez avoir fait une bonne affaire ?

— Oh, oui !

— Eh bien, vous avez tort.

— J'ai tort ? Moi ?

— Oui. Car si vous vous y preniez mieux, vous pourriez gagner infiniment plus.

Le Chinois parut très intéressé.

— Expliquez-vous.

— Au lieu de gagner dix mille livres, vous pourriez en gagner cent mille, des millions, même...

« Je suis en train de m'exprimer comme le faisait mon père ! » pensa la jeune fille.

— Des millions ? répéta le Chinois avec stupeur. Comment ?

— C'est facile. Si vous pouviez vous vanter d'avoir été présenté à Sa Majesté la reine Victoria par votre ami le duc de Craigstone, toutes les portes vous seraient ouvertes. Et au lieu de faire du commerce à une petite échelle à bord d'un vieux cargo, vous auriez des dizaines de bateaux neufs qui transporteraient des marchandises de toutes sortes de Chine en Angleterre, et vice versa. Très vite, vous deviendriez immensément riche.

— Je... j'aurai des dizaines de bateaux neufs ? Moi ? Je deviendrais immensément riche ? Moi ?

— Mais oui ! Avec l'appui d'un personnage aussi important que le duc de Craigstone, tout est possible.

Le capitaine du cargo réfléchissait.

— Imaginez comment vous seriez accueilli

dans chaque port! poursuivit la jeune fille. Même le vice-roi des Indes vous recevrait.

L'appât du gain et la vanité eurent raison du Chinois.

— Combien le duc me demanderait-il pour m'accorder son soutien?

Quand elle entendit cette question, Sheila se demanda si elle ne rêvait pas.

«Il a bel et bien mordu à l'hameçon!» se dit-elle.

— Combien? insista le capitaine du cargo.

— Cela, je ne peux pas vous le dire. La somme qu'il vous faudra verser au duc sera l'objet d'un débat entre ses avocats et les vôtres. Mais êtes-vous suffisamment important en Chine pour pouvoir traiter d'égal à égal avec un duc, un ami de Sa Majesté la reine?

— Je suis un homme très important, assura-t-il. Je suis déjà venu onze fois en Angleterre.

Il se frotta les mains avant d'enchaîner avec satisfaction:

— Et chaque fois, j'ai vendu toute ma marchandise! Chaque fois, je suis retourné dans mon pays les cales vides!

Sheila haussa les épaules.

— Ce n'est pas très malin!

Une femme lui disait qu'il était stupide et l'accusait de ne pas être très malin... Et cet escroc ne songeait même pas à se vexer!

— Pourquoi dites-vous cela? demanda-t-il.

— Vous auriez pu emporter de la marchandise britannique à vendre en Chine, au lieu de voyager sans rien transporter!

L'homme hocha la tête.

— C'est vrai... C'est bien vrai!

— Mais pour cela, il vous faut des appuis en Angleterre. Je suis sûre que vous seriez très heureux de pouvoir compter le duc de Craigstone – un ami de la reine –, parmi vos amis. Cependant, avant toute négociation, vous comprenez bien que vous devez lui rendre son fils.

— Nous avons demandé dix mille livres sterling pour l'amener ici.

Sheila évita de dire que, pour un prix pareil, cent personnes ou davantage auraient pu effectuer le même voyage – et certainement dans de meilleures conditions qu'à bord de ce bateau crasseux !

— Vous allez pouvoir emporter en Chine une cargaison d'une valeur d'au moins vingt ou trente mille livres, que vous revendrez aisément le double ou le triple, une fois de retour dans votre pays.

Le Chinois sortit un petit boulier de sa poche et se mit à calculer fébrilement.

— Et la prochaine fois que vous viendrez à Londres, ce sera avec au moins cinq bateaux chargés à ras bord ! poursuivit Sheila.

— Tant que cela ?

— Bien sûr ! Le duc de Craigstone vous aidera à trouver des acquéreurs pour toute cette marchandise.

Le capitaine du bateau avait peine à contenir son enthousiasme.

— Mais il faut absolument que vous lui rendiez son fils, poursuivit la jeune fille. Sinon, au lieu de devenir votre ami, il sera votre ennemi. Et je peux vous dire qu'il ne fait pas bon être l'ennemi d'un homme qui est reçu quotidiennement par Sa Majesté la reine d'Angleterre !

Elle avait déjà réussi à ébranler le Chinois. Celui-ci ne se rendit cependant pas aussi aisément que cela.

— Avez-vous apporté l'argent du voyage ? demanda-t-il.

— Nous vous avons apporté bien davantage : une proposition fabuleuse qui va faire de vous l'un des hommes les plus riches et les plus influents de toute l'Asie.

Le capitaine du bateau avait peine à cacher sa surexcitation.

— Vous devez quand même payer le voyage, insista-t-il.

— Cela me semble normal. Il n'y a pas de raison pour que le fils du duc de Craigstone se fasse transporter gratuitement... même à bord d'un bateau qui, grâce aux relations de son père, sera rempli dès demain de marchandises que vont s'arracher tous les riches Chinois.

Après un silence, elle demanda :

— À combien estimez-vous un aller simple entre Shanghai et Londres ?

Le capitaine du cargo hésita.

— Cinq cents livres sterling, déclara-t-il enfin.

C'était un prix ridiculement élevé pour une traversée à bord d'un bateau en si mauvais état, mais la jeune fille ne discuta pas.

— Bien. Cet argent vous sera remis demain en même temps que toutes les marchandises que le duc va vous confier.

— Des marchandises de qualité ?

— Certainement. Le duc de Craigstone n'a rien d'autre à proposer que des produits de première qualité.

Sheila réussit à adresser un sourire à ce bandit pour lequel elle n'éprouvait qu'un immense mépris.

— Nous aimerions maintenant emmener le fils du duc avec nous, maintenant que nous sommes arrivés à un accord et que nous pouvons désormais nous considérer comme associés.

Le Chinois hésita à peine.

— Cela me semble normal. Je vais le faire venir.

Il alla à la porte et jeta quelques ordres brefs dans un dialecte que la jeune fille ne parvint pas à saisir.

Quelques minutes plus tard, il y eut un bruit de pas précipités dans les coursives. Puis la porte s'ouvrit brusquement. Un jeune homme maigre, barbu et en loques fit irruption dans la salle à manger.

— Charles! s'écria-t-il. Charles, c'est bien toi? Mon Dieu! Ce cauchemar serait donc terminé?

— Tout cela, c'est bien grâce à Mlle Ash, dit Charles. Je t'assure que tu peux la remercier.

Sheila adressa un coup d'œil d'avertissement au jeune prisonnier en espérant qu'il saurait entrer immédiatement dans le jeu.

— Ce n'est pas moi qu'il faut remercier, mais le capitaine de ce bateau qui va devenir l'associé de votre père, dit-elle en anglais, tout en détachant bien ses syllabes pour que le Chinois comprenne.

Rupert eut peine à cacher sa surprise. Mais comme il devait être prêt à tout pour quitter ce cargo, il alla serrer la main du capitaine.

— Merci infiniment de m'avoir amené ici. Je suis heureux que vous deveniez l'associé de mon père.

— Grâce à la protection du duc de Craigstone

et de Sa Majesté la reine, notre ami va devenir le commerçant attitré de la couronne britannique, déclara Sheila, toujours en anglais.

Les deux frères la regardèrent d'un air médusé. Mais ils eurent assez de bon sens pour ne faire aucun commentaire.

Le Chinois se frotta les mains.

— Demain, apporter marchandise? demanda-t-il dans son mauvais anglais.

— Mais oui, ainsi que le prix du voyage, assura la jeune fille.

Avec un grand sourire, elle ajouta :

— Vous parlez très bien anglais. Bien mieux que moi le chinois!

— Non! Vous parler bon chinois. Moi maintenant associé duc et reine, moi maintenant apprendre à parler bon anglais.

Sheila lui tendit la main.

— Encore merci. Demain, nous vous apporterons les marchandises, le prix du voyage, ainsi que la liste de tous les produits qu'il vous faudra apporter de Chine lors de votre prochaine traversée.

Charles qui, grâce aux quelques mots échangés en anglais, venait de comprendre la nature du marché conclu entre ce gredin et sa secrétaire, serra à son tour la main du Chinois avec une chaleur feinte.

— À demain, cher ami. Comme nous allons venir avec de nombreux tombereaux chargés de marchandises de prix, il serait préférable que votre bateau soit amarré à quai plutôt que de rester à l'ancre au milieu de la Tamise.

Comme le capitaine du cargo ne semblait pas

avoir compris, Sheila lui répéta en chinois ce que venait de dire Charles.

Puis elle se dirigea vers le pont, suivie du capitaine qui multipliait les courbettes.

— À demain! fit-elle à son tour en souriant.

— Merci, se sentit obligé de redire Rupert, même si ces mots semblaient lui arracher la bouche.

Grâce au ciel, la barque les avait attendus... Ils s'empressèrent de descendre l'échelle. Le capitaine agita la main et ils en firent autant.

— Maintenant, ramenez-nous à quai. Et vite! ordonna Charles aux rameurs.

Le Chinois était toujours sur le pont quand un valet en livrée leur ouvrit les portières de la superbe calèche qui les avait amenés.

— Cela va achever de l'impressionner! fit Charles avec un rire sarcastique.

Rupert attendit d'être dans la voiture pour s'exclamer:

— Sauvé! Je suis sauvé!

— Grâce à Mlle Ash, répéta Charles. Elle a réussi à retourner la situation en notre faveur avec une étonnante maestria... Figure-toi que nous n'avons même pas eu à payer la rançon demandée.

— Est-ce possible? s'étonna Rupert.

Son visage s'assombrit.

— De toute manière, même si tu l'avais payée, il est probable que tu ne m'aurais pas revu vivant. Dès que ces bandits auraient eu l'argent entre les mains, ils se seraient empressés de lever l'ancre.

— Comment as-tu pu tomber entre les mains de ces gens-là?

— J'ai appris que leur cargo devait partir pour

l'Angleterre juste au moment où je venais de recevoir ta lettre m'apprenant que père était au plus mal. Comme je voulais regagner Londres dans les plus brefs délais, je leur ai demandé de m'emmener comme passager... Ils ont dû comprendre que j'étais – ou plutôt que les miens étaient riches. Et ils en ont profité!

Il se pencha à la portière pour contempler le ciel bleu dans lequel flottaient quelques nuages blancs.

— Je me croyais perdu... et me voilà libre!

Il leva les bras au ciel.

— Libre!

Son enthousiasme fut de courte durée.

— Comment va père?

— Mal, répondit sobrement Charles.

— Mais je le reverrai vivant?

— Tu arrives à temps pour pouvoir l'embrasser une dernière fois...

Rupert baissa la tête d'un air accablé. Son aîné lui tapota amicalement l'épaule.

— ... après avoir pris un bain et mis des vêtements propres, ajouta-t-il en espérant que son frère allait retrouver son sourire.

Rupert contempla son pantalon en toile sale.

— Je suis dans un état lamentable! J'ai perdu au moins dix kilos. Je ne dormais plus, je vivais sur les nerfs...

— Tu reprendras vite des forces à la campagne. Car je pense que, par prudence, il serait bon que, après avoir embrassé père, tu ailles passer quelques semaines au château de Craigstone. De la bonne nourriture, du bon air, des promenades à cheval... Si tes ravisseurs veulent te retrouver, ce n'est pas à Craigstone qu'ils auront l'idée d'aller te chercher.

— Tu n'as pas peur que, dès qu'ils comprendront qu'ils n'obtiendront jamais les marchandises promises, ils ne se vengent sur toi ?

— Cela me surprendrait beaucoup. À mon avis, après avoir compris qu'ils ont été bernés, ils n'auront rien de plus pressé que de fuir ce pays, tant ils craindront d'être dénoncés à la police.

— C'est probable, murmura Sheila.

— Mais il faut aller raconter toute l'histoire à la police ! s'écria Rupert. Il faut arrêter ces bandits, les juger, et les pendre haut et court... Ou bien les envoyer au bagne à perpétuité ! C'est tout ce qu'ils méritent.

— Pas question de prévenir la police, déclara Charles d'un ton sans appel.

Son frère ne comprenait plus.

— Pourquoi ? Tu ne penses pas qu'ils méritent d'être punis ?

— Si. Mais je ne veux pas que notre nom soit mêlé à un scandale. Les journaux s'empareraient tout de suite de l'affaire...

— Tu as raison.

Rupert se tourna vers Sheila.

— Comment se fait-il que cette jolie demoiselle parle aussi bien le chinois ?

— Je t'avoue que j'en ai été le premier surpris, dit Charles. Nous lui devons une fière chandelle, comme aurait dit notre Nanny.

— C'est mon père que vous devriez remercier, dit la jeune fille.

— Car c'est pour l'aider dans ses affaires que vous avez appris le chinois ?

— Il voyageait énormément et recevait de nombreux visiteurs étrangers.

Avec un sourire, elle poursuivit :

— Et comme je suis apparemment douée pour les langues, j'ai eu ainsi l'occasion d'en apprendre plusieurs, que je parle plus ou moins bien.

— Cela m'a bien servi! assura Rupert. Je vous serai éternellement reconnaissant de m'avoir libéré du fond de la cale de cet horrible bateau...

Après un silence, il demanda avec curiosité :

— Mais qui êtes-vous ?

Charles parut confus.

— La situation était tellement embrouillée que je n'ai pas encore eu le temps de faire les présentations. Mademoiselle Ash, permettez-moi de vous présenter mon frère, Rupert de Craigstone. Rupert, voici Mlle Ash, la secrétaire de père.

Rupert parut sidéré.

— La... la secrétaire de père ?

D'un ton bien senti, il s'écria :

— Eh bien, je peux dire, mademoiselle Ash, que vous n'avez pas du tout – mais alors pas du tout ! – l'air d'une secrétaire !

5

Rupert de Craigstone était parti à la campagne dès le lendemain de son arrivée.

Son frère, qui faisait discrètement surveiller le bateau des bandits chinois, vint apprendre à Sheila que celui-ci avait disparu deux jours plus tard.

— Je doute qu'ils reviennent un jour à Londres ! avait-il dit avec satisfaction.

— Moi aussi. Mais le capitaine du cargo a dû être fou de rage quand il a compris que nous nous étions joués de lui et qu'il pouvait dire adieu à ses espoirs de devenir le plus riche commerçant d'Asie.

— Et le premier instant de fureur passé, je parie qu'il s'est empressé de lever l'ancre, car il a dû penser que nous n'allions rien avoir de plus pressé que de porter plainte...

— Et qu'il risquait de se retrouver dans les geôles de Sa Très Gracieuse Majesté !

Les jours passaient... Après l'épisode des ravisseurs chinois, Sheila avait retrouvé son bureau et ses tâches routinières de comptable et de secrétaire.

Elle devait reconnaître qu'elle était très bien traitée, tant par les domestiques que par le fils du maître de maison. Ce dernier lui parlait comme à une égale et non comme à une employée. Quant aux serviteurs, ils la traitaient avec politesse – et même un certain respect. Aucun ne se serait avisé, par exemple, de l'appeler par son prénom.

La jeune fille ne manquait pas de travail ! Il y avait les factures à régler, les gages à payer... Et chaque jour, Charles de Craigstone recevait des dizaines d'invitations. Bien évidemment, il ne pouvait aller partout ! C'était donc à la soi-disant secrétaire que revenait le soin de répondre par la négative, tout en remerciant.

— Vous n'avez qu'à prétexter que mon père est souffrant et que je sors très peu, lui disait Charles.

Selon Newman, le majordome, l'état du duc restait stationnaire. La jeune fille pensait qu'il la ferait appeler un jour ou l'autre pour lui dicter une lettre... mais ce jour-là n'était pas encore arrivé.

Jusqu'à présent, Charles de Craigstone avait été le seul à lui dicter du courrier, avec une telle rapidité qu'elle se demandait parfois si elle réussirait à le suivre. Grâce au ciel, elle n'avait encore jamais eu besoin de lui demander de répéter.

Une certaine routine s'était établie. Certes, Sheila avait beaucoup à faire pendant la journée. Cela ne l'empêchait pas de se sentir par moments bien seule car elle n'avait pas plus de famille que d'amis à Londres.

Un soir, alors qu'après une longue journée de travail elle était en train de ranger ses dossiers, Charles de Craigstone fit son entrée dans le bureau.

— Bonsoir, mademoiselle Ash.
— Bonsoir, milord.
— Avez-vous terminé votre journée ?
— Ma foi, oui, milord.
— Avez-vous prévu quelque chose de spécial ce soir ?
— Comment cela ? demanda la jeune fille avec surprise.
— Que sais-je ? Vous pourriez aller au théâtre, être invitée à dîner par un jeune homme...

Sheila ne put s'empêcher de rire.

— Ah, non ! Pas plus de théâtre que de sorties avec un galant ! Comme tous les autres jours, je vais monter dans ma chambre pour lire l'un des livres que je me suis permis d'emprunter dans la bibliothèque.

— Ah ! Très bien ! s'exclama Charles, visiblement soulagé. Dans ce cas, accepteriez-vous de me rendre un grand service, mademoiselle Ash ?

— Volontiers, milord. Si du moins c'est dans mes possibilités.

— Accepteriez-vous de dîner avec mes amis et moi-même ce soir ?

« Quelle étrange requête ! se dit Sheila. Pourquoi veut-il inviter une simple secrétaire à dîner avec ses amis du beau monde ? »

L'explication ne tarda pas.

— Je viens de me rendre compte que nous serons treize à table... et je sais que certaines des dames que j'ai conviées sont assez superstitieuses.

— Je ne suis pas superstitieuse moi-même, mais j'avoue que je n'aime guère me trouver à une table autour de laquelle sont réunies treize personnes.

À mi-voix, comme pour elle-même, la jeune fille ajouta :

— La veille du jour où ma mère est tombée malade, nous étions justement treize...

— Donc, vous acceptez de faire la quatorzième ?

— Si cela peut vous rendre service, milord, ce sera avec plaisir.

— Je dois vous prévenir que ce dîner sera assez habillé car il s'agit d'une fête d'anniversaire. Lorsque nous sommes allés à bord du bateau où mon frère était retenu prisonnier, vous étiez très élégante... Possédez-vous par hasard une aussi jolie robe du soir que la toilette que vous portiez le jour où vous m'avez ébloui en parlant chinois ?

— Je le pense.

— Par ailleurs, comme je ne peux pas dire que vous êtes la secrétaire de mon père, j'ai l'intention de vous présenter comme une amie de la famille.

Il avait l'air tellement embarrassé que la jeune fille le prit en pitié.

— Je serai très flattée d'être considérée comme une amie des Craigstone, assura-t-elle.

Avec une certaine ironie, elle enchaîna :

— Tout ce que j'espère, c'est ne pas vous faire honte.

Charles paraissait de plus en plus mal à l'aise. La jeune fille comprenait très bien la raison de sa gêne : cela l'ennuyait de devoir recevoir en compagnie de ses amis une personne qui n'était rien d'autre qu'une employée – à peine plus qu'une domestique.

« Mais il n'y a pas d'autre solution. Il est bien tard, en effet, pour qu'il ait le temps d'envoyer une invitation à quelqu'un d'autre ! »

— Alors, c'est entendu ? demanda-t-il. Vous ferez la quatorzième à table ?

— C'est entendu. À quelle heure voulez-vous que je sois en bas ? demanda-t-elle. Il vaut mieux que j'arrive avant tout le monde car ce serait une erreur de demander au majordome de m'annoncer.

— Vous avez raison. Voyons, comme mes invités ont été conviés pour huit heures, vous n'avez qu'à arriver un quart d'heure auparavant.

— Très bien. Je descendrai à huit heures moins le quart.

— Je vous suis très reconnaissant de bien vouloir me rendre ce service.

— Je vous en prie.

— Et j'espère que vous passerez quand même une bonne soirée.

— Oh, j'en suis certaine !

Cinq minutes plus tard, tout en gravissant l'escalier, Sheila se dit qu'elle n'avait pas eu souvent l'occasion d'assister à un élégant dîner.

Certes, quand ses parents avaient encore assez d'argent, il y avait des soirées au château de Rosswood. Mais comme ils habitaient à la campagne, seuls leurs voisins les plus proches – des gens relativement âgés – y étaient conviés.

« Et ce n'était pas très amusant, il faut bien le

reconnaître ! Ils ne parlaient que de chasse et de chevaux... » pensa la jeune fille.

Pour la première fois de sa vie, elle allait rencontrer des gens de sa génération et de sa classe sociale. Ceux qu'elle aurait côtoyés dans les salons si elle avait eu la possibilité de faire normalement son entrée dans le monde à dix-huit ans.

« Il est probable que j'aurais été invitée partout ! »

Sheila laissa échapper un petit soupir.

« À quoi bon regretter ce qui n'a jamais pu être... et ne sera jamais ? Je serais bien inspirée de me contenter de mon sort. Je ne suis pas si à plaindre ! J'ai un toit sur ma tête, de bons repas, un emploi assez intéressant... De plus, je gagne de quoi faire quelques petites économies. Honnêtement, je n'aurais pas pu espérer mieux ! »

La jeune fille avait rangé ses vêtements dans deux placards. Dans le premier se trouvaient les robes très simples qu'elle portait pour travailler. Dans le second étaient suspendues les somptueuses toilettes de sa mère, qui semblaient avoir été faites pour elle et qui – grâce au ciel ! –, étaient toujours à la mode.

« Que vais-je mettre ? » se demanda Sheila en ouvrant les portes du placard.

Elle arrêta son choix sur une robe du soir en mousseline de soie bleu pâle ornée de diamants et de guirlandes de minuscules roses.

Après s'être habillée, elle contempla son reflet dans l'étroit miroir qui était fixé à un mur. Elle hocha la tête, pas mécontente de son apparence. Il ne lui manquait que le collier de diamants que sa mère lui avait offert... et que son père avait vendu.

Elle le remplaça par un ruban en soie dont la couleur s'harmonisait avec celle des guirlandes de roses.

« Charles ne pourra pas avoir honte de moi ! » se dit-elle avec satisfaction.

Dans son for intérieur, elle appelait le fils du duc de Craigstone par son prénom.

« J'ai beaucoup de mal à lui dire *milord*. J'y arrive, certes, mais je trouve que cela sonne faux... »

Au lieu de tirer ses cheveux en un sévère chignon comme à l'ordinaire, elle les coiffa à la dernière mode et y piqua quelques roses qu'elle avait cueillies dans le jardin.

— Voilà, je suis prête !

Par jeu, elle se fit une révérence dans la glace.

— Ce soir, exceptionnellement, je redeviens lady Sheila Rosswood.

S'adressant à son image, elle lança d'un ton rieur :

— Qu'allons-nous faire de Mlle Ash ce soir, lady Sheila ?

Elle feignit d'écouter la réponse et hocha la tête.

— Vous avez raison, nous n'avons qu'à laisser Mlle Ash ici toute seule avec un livre.

Ses yeux étincelaient dans son visage rosi à la perspective de descendre dîner en compagnie du fils du duc et de ses amis. Elle était ravie. Et elle n'aurait pas pu l'être davantage si la soirée avait été donnée en son honneur !

D'un pas léger, elle descendit au salon. Debout devant la cheminée, Charles de Craigstone contemplait d'un air pensif le grand feu qui y avait été allumé pour combattre l'humidité qui tombait souvent, une fois le soir venu.

Il se retourna en entendant la porte s'ouvrir et laissa échapper une exclamation quand il comprit que cette ravissante créature était en réalité sa secrétaire.

Le premier instant de stupeur passé, il alla à sa rencontre, les mains tendues.

— Vous devez avoir une fée comme marraine. Elle vous a donné un coup de baguette magique pour vous transformer en princesse...

D'un ton pénétré, il poursuivit :

— Vous êtes très belle. Si belle que les dames que j'ai invitées ce soir risquent de tourner les talons en se voyant éclipsées.

Sheila éclata de rire.

— Merci pour tous ces compliments. Je suis contente que vous n'ayez pas trop honte de moi.

— Honte ? s'écria-t-il. Comment pouvez-vous dire une chose pareille ? Au contraire, je vais être très fier de pouvoir vous présenter comme une amie de la famille.

Il la contempla d'un air songeur.

— Mlle Ash, la femme mystérieuse aux multiples visages...

Le frais éclat de rire de la jeune fille retentit.

— Moi ? Mystérieuse ? Pas du tout !

— Mais si. Tout d'abord vous êtes une secrétaire hors pair. Ensuite, vous avez réussi à mener avec adresse une difficile négociation pour obtenir la libération de mon frère. Et enfin, vous vous transformez en créature de rêve...

Après un silence, il murmura :

— Il n'y a pas de mots pour exprimer ce que je ressens. Vous êtes si belle que vous semblez irréelle.

— N'ayez crainte, je suis bien réelle ! assura Sheila.

Avec une certaine gêne, elle ajouta :

— Mais je vous en prie, ne me faites pas trop de compliments, sinon vous allez me mettre tellement mal à l'aise que je n'aurai pas d'autre solution que celle de monter troquer cette robe contre l'une de celles que je porte dans la journée pour travailler. Ainsi vêtue, je suis sûre que personne ne m'accordera la moindre attention !

— Surtout, ne faites pas cela ! protesta-t-il.

Il lui sourit.

— Grâce à vous, cette soirée va être très réussie, j'en ai l'intuition.

Leurs regards se rencontrèrent et la jeune fille eut soudain l'impression que son cœur s'emballait.

— Il faut que vous vous preniez l'habitude des compliments, reprit Charles.

— Pourquoi ?

— Parce que mes amis vont certainement vous en faire beaucoup.

— Et je vais devenir horriblement vaniteuse !

Charles la regarda avec amusement.

— Vous êtes non seulement jolie, mais également intelligente et spirituelle... Puis-je offrir une coupe de champagne à la plus jolie de mes invitées ?

Sans attendre la réponse de Sheila, il prit la bouteille de champagne qui avait été mise à rafraîchir dans un seau à glace en or et remplit deux coupes.

Après en avoir tendu une à la jeune fille, il leva la sienne.

— Merci pour tout ! dit-il d'un ton pénétré.

Pour être une secrétaire exceptionnelle, pour avoir sauvé mon frère, pour accepter de faire la quatorzième à table...

— Je vous avouerai que je suis ravie d'être ici ce soir. Les circonstances ont voulu que, malheureusement, je n'aie pas eu l'occasion d'assister à beaucoup de soirées.

— En voyant la merveilleuse robe que vous portez, j'ai peine à le croire.

— Je vais vous confier un petit secret... Cette robe n'est pas à moi. Elle appartenait à ma mère.

Le regard de la jeune fille s'évada tandis qu'elle poursuivait à mi-voix :

— Ma mère était d'une beauté exceptionnelle. Lorsqu'elle se préparait pour aller au bal, j'étais toujours émerveillée. Ma mère...

Sheila s'interrompit brusquement. Comment avait-elle pu se laisser aller à de telles confidences, elle qui était censée n'être qu'une petite employée? Maintenant, Charles de Craigstone allait se poser mille questions à son sujet.

Grâce au ciel, la porte s'ouvrit juste à ce moment-là et le majordome annonça d'une voix de stentor :

— La comtesse de Swanson, milord.

Sheila avait souvent lu des échos au sujet de la comtesse de Swanson dans les colonnes mondaines des journaux. Alliée aux meilleures familles, cette jolie femme était de toutes les fêtes.

« Une symphonie en vert ! » pensa la jeune fille en la voyant entrer.

La robe de la comtesse, en satin couleur jade, était ornée de plumes d'autruche – vertes également. Il y avait d'autres plumes d'autruche dans ses cheveux d'un noir de jais, et d'énormes émeraudes étincelaient à son cou, à ses poignets et à ses doigts.

— Je suis venue un peu en avance, mon cher Charles, pour que nous puissions être ensemble avant l'arrivée de vos autres invités.

Elle adressa un coup d'œil hostile à Sheila. Cette dernière était en train de se demander si elle devait sortir pour les laisser en tête à tête quand la porte s'ouvrit de nouveau.

— Monsieur Richard Hilton, milord.

Ce jeune homme blond à l'allure exubérante prit à peine le temps de serrer la main de son hôte avant de se précipiter vers Sheila.

— Je ne connais pas encore la reine de la soirée ! s'écria-t-il. Mademoiselle, je ne pense pas avoir eu le plaisir de vous rencontrer...

Il s'inclina.

— Richard Hilton. Et vous, comment vous appelez-vous ?

Sheila ne put s'empêcher de rire.

— Vous ne perdez pas de temps, monsieur Hilton !

— Jamais.

— Ne pensez-vous pas qu'il serait plus correct d'attendre que notre hôte se charge des présentations ?

— Inutile ! Un explorateur comme moi ne s'embarrasse jamais de formalités.

Les autres invités ne cessaient d'arriver, annoncés par Bates, le majordome.

— Vous êtes donc un explorateur ? demanda Sheila avec intérêt. Racontez-moi où vous êtes allé et ce que vous avez découvert.

Il mit la main sur son cœur dans un geste théâtral.

— Je viens de vous découvrir, vous !

Sheila éclata de rire tandis qu'il poursuivait :

— Et je ne comprends pas comment il se fait que je ne vous ai encore jamais vue dans les salons.

— Pour la bonne raison que jusqu'à présent, j'étais à la campagne, répondit Sheila, amusée par son enthousiasme.

— Ah ! Voilà l'explication ! Mais maintenant que je vous ai trouvée, je ne veux pas vous perdre. J'espère que je serai assis à côté de vous à table.

Tous les invités étaient maintenant arrivés et Charles de Craigstone se mit en devoir de faire les présentations. La jeune fille fut tout de suite très entourée. Les messieurs, éblouis par sa beauté, voulaient tous savoir pourquoi ils n'avaient encore jamais eu l'occasion de la rencontrer. Elle jugea plus simple de répondre qu'elle était à la campagne et qu'elle avait dû respecter une longue période de deuil.

Un peu plus tard, à table, Sheila se trouva assise à la droite de Richard Hilton.

— Nous nous retrouvons ! lui dit-il en souriant. J'en ai de la chance ! Parlez-moi de vous, je veux tout savoir ! Vous avez bien entendu : tout !

— Vous vous lasseriez bien vite si je vous racontais ma vie. La vôtre est sûrement cent fois plus intéressante – si du moins vous êtes un véritable explorateur.

Richard Hilton redevint sérieux.

— Je le suis, affirma-t-il. J'ai beaucoup voyagé et je suis allé dans des contrées où aucun Européen ne s'était encore jamais rendu. J'ai d'ailleurs écrit dans des revues plusieurs articles à ce sujet et j'ai l'intention de rédiger un livre.

— C'est passionnant!

— Mais ce soir, ma jolie voisine de table me paraît infiniment plus intéressante que les pays les plus exotiques. Après votre apparition parmi les mortels, j'espère que j'aurai l'occasion de vous revoir. Ne me dites pas que vous allez retourner avec vos sœurs les nymphes une fois la soirée terminée!

— Mes sœurs les nymphes! s'exclama Sheila dans un éclat de rire.

— Ou vos sœurs les fées. Car vous ne pouvez être qu'une nymphe ou une fée.

La jeune fille se demanda quelle serait la réaction de ce sympathique jeune homme si elle lui apprenait que la nymphe ou la fée n'était qu'une secrétaire qui se retrouverait enfermée, dès le lendemain matin, dans un bureau dont la fenêtre donnait sur un mur gris.

Elle se doutait bien qu'elle n'aurait jamais l'occasion de le revoir. Peut-être la chercherait-il sans fin dans d'autres salons, dans d'autres réceptions? Peut-être harcèlerait-il Charles de questions à son sujet?

« Le pauvre Charles sera bien embarrassé pour y répondre. Cela risque surtout de l'agacer... »

La jeune fille était très accaparée par Richard Hilton, mais cela ne l'empêchait pas d'observer ce qui se passait autour d'elle. Et elle avait déjà eu le temps de remarquer que la comtesse de Swanson tenait à démontrer par tous les moyens que Charles de Craigstone lui appartenait.

Après dîner, tout le monde retourna au salon. L'un des invités s'assit au piano et une jolie rousse – une marquise, apprit Richard Hilton à Sheila – se mit à chanter.

Il était déjà tard quand un premier couple décida de partir. Cela donna le signal, et les uns après les autres, tous les invités prirent congé.

— À très bientôt, dit Richard Hilton en gardant la main de Sheila dans la sienne un peu plus longtemps que les convenances ne le permettaient.

La jolie rousse vint saluer son hôte.

— Il faut que j'aille me reposer pour pouvoir danser toute la nuit demain chez les Bridgewater. Serez-vous là, Charles ?

— Mais oui. Et j'espère bien que vous me réserverez au moins deux danses.

— Avec plaisir, Charles ! J'adore danser avec vous !

La comtesse de Swanson adressa à la jolie rousse un coup d'œil meurtrier que cette dernière ne remarqua même pas.

« La comtesse a l'air très amoureuse de Charles, pensa Sheila. Je me demande s'il éprouve pour elle les mêmes tendres sentiments... »

Bientôt, il ne resta plus au salon que la comtesse de Swanson et Sheila.

Celle-ci était fort embarrassée. Que devait-elle faire, en effet ? Il était évident que la comtesse souhaitait être seule avec Charles.

« Lui a-t-il dit que j'habitais ici ? Si c'est le cas, je ne peux pas décemment me retirer avant elle... »

Charles, qui était allé accompagner un couple d'amis jusqu'à la porte, les rejoignit sur ces entrefaites.

— Votre voiture est devant le perron, Doreen, dit-il à la comtesse.

Celle-ci eut un mouvement d'humeur.

— Et cette dame ? demanda-t-elle en désignant Sheila.

— Elle doit passer la nuit ici.

— Vous ne m'aviez pas dit cela !

— Je vous expliquerai tout en vous conduisant à votre voiture, ma chère Doreen.

Prenant la comtesse par le bras, il la guida d'autorité vers le hall. Au moment de quitter le salon, elle se retourna et adressa à Sheila un coup d'œil plein de haine.

Restée seule dans le salon, Sheila surprit son reflet dans le miroir qui surmontait la cheminée.

« Jamais je n'ai été aussi jolie... et jamais je ne me suis autant amusée ! » pensa-t-elle.

Si elle avait pu faire son entrée dans le monde à dix-huit ans, elle aurait dû participer à de nombreuses soirées de ce genre.

« Il est même probable que j'aurais trouvé tout cela lassant, à la fin. Mais comme celle-ci est vraisemblablement la première et la dernière à laquelle j'assisterai, je n'ai pas eu le temps de m'ennuyer, bien au contraire ! »

Elle pensa que, si son existence avait suivi son cours normal, elle serait certainement mariée maintenant.

« J'aurais peut-être même déjà un enfant... »

Hélas, elle n'avait ni enfants, ni famille, ni maison... Personne ne tenait vraiment à elle, à l'exception des fidèles Wilkins.

« Et de mon chien ! Mais je suis sûre que Wilkins et sa femme s'occupent très bien de Dicky, car ils l'aiment beaucoup. »

Elle espérait pouvoir un jour récupérer son labrador.

« Je serais si heureuse si je pouvais l'avoir avec moi ! »

La jeune fille continuait à contempler le miroir d'un air songeur, sans vraiment voir son image. C'était surtout à son chien qu'elle pensait en cet instant...

Charles la rejoignit à ce moment-là.

— Vous avez été parfaite !

— Merci. Mais je n'ai pas l'impression que ce soit l'avis de la comtesse de Swanson. Elle n'a pas paru très contente quand elle a appris que je séjournais ici. Nous aurions dû penser à cela avant... Vous auriez feint de me reconduire jusqu'à ma voiture et je serais montée me cacher là-haut.

— Tant pis ! Doreen est jalouse parce que vous êtes jeune et jolie. Elle s'est sentie éclipsée, car d'ordinaire tout pivote autour d'elle. Ce soir, c'était vous la reine de la soirée ! Mes amis m'ont tous fait des compliments à votre sujet.

Il esquissa un sourire ironique.

— Ils voulaient à tout prix savoir qui vous étiez et d'où vous veniez...

— Avez-vous répondu que vous m'aviez découverte grâce à l'agence de placement de Mme Hill, et que je passe mes journées assise dans un bureau ?

— Mes amis auraient été trop déçus de voir leur rêve se fracasser... Aussi je leur ai raconté que vous étiez descendue exceptionnellement pour un soir du paradis, et que vous alliez aussi vite y retourner.

— Vous auriez mieux fait de prétendre que je venais des Indes ou de Hong-Kong. Ainsi ils auraient pensé que jamais ils n'auraient l'occasion de me revoir.

— Vous avez ébloui plusieurs d'entre eux, surtout le jeune Richard Hilton... C'est un homme persistant qui n'abandonne pas aisément la partie ! Quand vous devrez sortir, vous aurez intérêt à vous déguiser comme vous savez si bien le faire. Car il sera capable de rester devant le perron pour vous guetter pendant des jours et des semaines !

La jeune fille pouffa.

— Quand je sors, j'emprunte toujours la porte de service. Aucun de vos amis n'aura l'idée de venir m'attendre derrière la maison.

— Probablement pas.

D'un ton pénétré, le fils du duc ajouta :

— Laissez-moi vous remercier. Grâce à vous, nous n'avons pas été treize à table et vous avez largement contribué à ce que cette soirée soit un succès.

— J'ai passé un excellent moment. Je me rends compte maintenant de tout ce que j'ai manqué.

À peine avait-elle prononcé ces paroles qu'elle les regrettait. Hélas, il était trop tard pour les rattraper !

« Je dis toujours ce qu'il ne faut pas ! » pensa-t-elle, furieuse contre elle-même.

Heureusement, Charles ne semblait rien avoir remarqué.

— J'ai promis à mes invités d'organiser bientôt une autre réception. Ils seront fort déçus si vous n'êtes pas là.

— Tâchez de trouver une bonne excuse pour expliquer mon absence. Sinon ils vont penser que j'ai des ailes !

— Je ne serais pas surpris d'apprendre que

c'est déjà leur avis. Moi-même, à la fin de la soirée, je commençais à me demander si vous n'étiez pas un ange descendu du ciel.

Il la regardait de telle façon que Sheila se sentit soudain troublée.

« Flirterait-il ? » se demanda-t-elle.

Soudain mal à l'aise, elle jugea plus sage de mettre un terme à cette conversation.

— Milord, en fait d'ange, je ne suis que la petite secrétaire, s'entendit-elle déclarer.

Par jeu, elle lui fit une révérence.

— Sur ce, je vous souhaite une bonne nuit.

Sans attendre sa réponse, elle disparut.

Le lendemain matin, Sheila était dans son bureau à neuf heures, selon son habitude. Mais avant cela, elle était sortie se promener, comme tous les autres jours. Après avoir passé la plus grande partie de sa vie à la campagne, elle avait besoin de respirer l'air frais matinal. Les premiers jours, elle s'était contentée de faire plusieurs fois le tour du square. Puis elle s'était enhardie et partait maintenant pour de longues promenades dans Hyde Park avant de rentrer se mettre au travail.

La jeune fille venait à peine de tremper sa plume dans l'encrier que la porte s'ouvrit.

Charles fit son entrée.

— Bonjour ! lança-t-il avec bonne humeur.

Sheila jugea plus sage de ne pas se montrer trop familière. Entre un futur duc et une simple employée, il y avait un monde... Et ce n'était pas parce qu'il l'avait invitée à dîner un soir qu'elle devait le traiter en égal.

Ce fut donc d'un ton uni qu'elle répondit :
— Bonjour, milord.
— Je tenais à vous remercier chaleureusement pour m'avoir rendu un grand service hier. J'espère que vous aurez de nouveau l'occasion de passer une soirée avec mes amis.
— Il fallait trouver une solution d'urgence et vous avez bien été obligé de faire appel à moi. Mais la prochaine fois, milord, mieux vaut que vous vous arrangiez à l'avance pour ne pas vous retrouver à treize !
— Peut-être, au contraire, le ferai-je exprès pour avoir le plaisir de votre compagnie, rétorqua-t-il en riant.
Il la contempla d'un air pensif avant de déclarer :
— Vous êtes une femme étonnante, imprévisible... Chaque jour qui passe m'apporte de nouvelles surprises à votre sujet. Je me demande quelle sera la prochaine !
Après un silence, il poursuivit :
— Je dois dire que vous avez également fait une forte impression sur mon ami Richard Hilton.
— Ah ! L'explorateur...
Sheila esquissa un sourire ironique.
— Il m'a plusieurs fois répété que nul ne pouvait le tromper et qu'il voyait immédiatement au-delà des apparences. Malgré cela, il n'a pas deviné que son élégante voisine était tout simplement... la secrétaire de son hôte !
— Il tient tellement à vous revoir qu'il nous a invités tous les deux à déjeuner demain au restaurant du Grand Hôtel. Que pensez-vous de cela ?
La jeune fille ne répondit pas immédiatement.
— Je trouve que la comédie va maintenant un

peu trop loin, déclara-t-elle enfin. Que lui avez-vous répondu ?

— Que nous serions tous deux enchantés de déjeuner avec lui.

Se sentant dépassée par la situation, Sheila se mordit la lèvre inférieure.

— Avez-vous l'intention de lui apprendre *qui* je suis en réalité ?

— Seulement dans le cas où vous jugez cela préférable. De mon côté, je préfère ne rien dire. Je n'ai aucune envie qu'il vous enlève ! Surtout en ce moment, quand je me trouve dans une situation difficile. L'état de santé de mon père ne s'améliore pas, loin de là !

La jeune fille trouva bien curieux qu'il ait donné une fête alors que son père était au plus mal. Certes, le duc n'avait rien pu entendre car ses appartements se trouvaient situés dans une autre aile de ce vaste hôtel particulier.

« Malgré tout, était-ce la chose à faire ? » se demanda Sheila.

Comme s'il avait deviné ses pensées, Charles déclara :

— Mon père se rend parfaitement compte du fait que ses jours sont comptés. Et pourtant, c'est lui qui me pousse à recevoir mes amis et à m'amuser.

— Vraiment ?

— « Je ne veux pas que le monde arrête de tourner parce que je suis alité », m'a-t-il dit.

Sheila demeurait toujours silencieuse.

— Alors, acceptez-vous de m'accompagner au Grand Hôtel où nous sommes invités demain par Richard Hilton ? insista le futur duc.

— Je vous laisse prendre la décision, répondit

enfin la jeune fille. Mais il serait fâcheux que votre ami apprenne d'une façon ou de l'autre que je ne suis qu'une modeste employée et pas la personne de haute naissance dont il s'imagine avoir fait la connaissance chez vous.

— Une modeste employée... répéta Charles avec amusement. Ces termes ne vous conviennent pas du tout. Je n'ai pas oublié la manière dont vous avez réussi à tirer mon frère des griffes de ses ravisseurs. Et quand je vous ai demandé de faire la quatorzième à table, vous avez rempli votre rôle à la perfection.

— Merci, milord.

— Vous auriez aisément pu passer pour la fille d'un duc ou d'un marquis!

Sheila se demanda quelle serait la réaction de Charles si elle lui annonçait: «Vous n'êtes pas très loin de la réalité, car je suis la fille du comte de Rosswood!»

— Hilton a raison quand il pense que vous êtes une personne extraordinaire, reprit Charles.

— Extraordinaire! Rien que cela? fit la jeune fille en riant.

— Cela me fait penser que je ne vous ai pas encore remerciée comme il convenait pour avoir sauvé Rupert. Que pourrais-je bien vous offrir?

— Rien du tout!

— Mais...

— Je ne vous ai pas rendu service pour obtenir une récompense! protesta-t-elle. N'est-il pas normal de faire tout ce que l'on peut pour aider quelqu'un qui court un grand danger?

— Je tiens absolument à vous offrir quelque chose. Mais je ne sais pas ce qui vous ferait le plus plaisir.

Il se mit à réfléchir.

— Des diamants, peut-être ? Les femmes sont toujours heureuses d'en recevoir.

— Les diamants ne sont pas tout à fait indiqués dans la position que j'occupe actuellement.

— Ce qui signifie que vous n'avez pas toujours occupé une telle position.

La jeune fille se sentit rougir.

«Il faut vraiment que je fasse attention à la moindre de mes paroles pour ne pas me trahir», pensa-t-elle.

— Comme vous êtes mystérieuse! s'exclama Charles de Craigstone.

Sheila choisit de répondre sur un mode léger :

— Mystérieuse je suis, mystérieuse je resterai, milord.

— Vous admettez donc ne pas être celle que vous prétendez être ?

— Suis-je obligée de répondre à cette question ?

— Je ne vous oblige à rien.

— Dans ce cas, je préfère garder mon secret pour le moment. Cela vaut mieux, étant donné qui je suis et qui vous êtes.

Connaissant les conventions, la jeune fille comprenait que, si elle se présentait sous sa véritable identité, plus jamais elle ne pourrait se trouver ainsi en tête à tête avec Charles de Craigstone.

«Il me faudrait un chaperon, bien évidemment!»

— Vous avez réussi à intriguer tout le monde, moi le premier, déclara Charles. Mais j'aime les mystères et j'espère bien réussir un jour à percer celui-ci. Savez-vous que je n'arrive pas à dormir tant je me pose de questions à votre sujet ?

« La comtesse de Swanson serait furieuse si elle l'entendait parler ainsi ! » se dit la jeune fille.

— Mademoiselle Ash, si vous ne me dites pas ce qui vous ferait plaisir, il ne me restera plus qu'à choisir moi-même un cadeau. Car je tiens absolument à vous en offrir un pour vous remercier de tout ce que vous avez fait.

En riant, il ajouta :

— Et si mon présent ne vous plaît pas, vous ne pourrez vous en prendre qu'à vous-même !

Sur ces mots, il ouvrit la porte.

— N'oubliez pas que nous déjeunons demain avec Richard Hilton.

Après son départ, Sheila eut envie de sauter de joie. Quoi, elle irait le lendemain au restaurant du Grand Hôtel ? Elle reverrait Richard Hilton, qui était charmant... Mais c'était la perspective de sortir en compagnie de Charles de Craigstone qui faisait surtout battre son cœur.

6

En se mettant au lit ce soir-là, Sheila se demanda ce qu'elle porterait le lendemain pour aller déjeuner en compagnie de Charles de Craigstone et de Richard Hilton.

«Je ne dois pas être trop élégante... J'ai eu tort, hier soir, de porter cette jolie robe bleue. Cela a attiré l'attention de tout le monde. J'aurais mieux fait de m'arranger pour passer inaperçue.»

En même temps, elle était flattée d'avoir reçu autant de compliments.

«Mais si la comtesse de Swanson pouvait m'arracher les yeux, elle n'hésiterait pas, j'en suis sûre!»

La jeune fille était persuadée qu'il était préférable qu'elle reste à sa place de secrétaire.

«Cela évite des complications et cela vaut mieux pour tout le monde. J'irai déjeuner avec Charles et Richard puisqu'il n'y a pas moyen de l'éviter... et que cela me fait plaisir! Je me souviens que ma mère aimait beaucoup aller au Grand Hôtel. Elle disait que c'était très agréable car l'on avait une vue splendide sur la Tamise de la salle à manger...»

Elle se redressa, et ce fut tout haut qu'elle déclara :

— Mais après cela je me ferai le plus discrète possible !

Le lendemain matin, elle alla ouvrir les portes du placard où étaient suspendues ses tenues les plus élégantes.

« On dirait un arc-en-ciel », se dit-elle, amusée.

Mais toutes ces robes – même les robes d'après-midi –, lui paraissaient trop habillées. N'avait-elle pas décidé d'éviter de se faire désormais remarquer ?

Elle choisit enfin un ensemble d'un bleu assez foncé composé d'une jupe à petits plis et d'une jaquette de style boléro ornée de rubans de satin d'un bleu plus pâle.

« C'est trop élégant », se dit-elle.

Elle répéta la même chose après s'être coiffée du chapeau assorti que sa mère avait acheté dans l'une des meilleures boutiques de Bond Street.

« Jamais personne ne pourra deviner que je suis la secrétaire du duc ! »

Mais la coquetterie eut raison d'elle et elle décida de rester vêtue comme elle l'était. Elle regrettait seulement de ne pas pouvoir compléter sa tenue par quelques bijoux...

« Les jolies boucles d'oreilles en perle de ma mère auraient été parfaites avec cet ensemble. »

Mais son père avait vendu les boucles d'oreilles... comme le reste !

« J'ai tort d'avoir des regrets, se dit la jeune fille. Je devrais déjà être bien contente d'être invitée à déjeuner au Grand Hôtel. Au fond, j'ai beaucoup de chance dans mon malheur... Tout cela, c'est grâce à Wilkins qui m'a emmenée chez Mme Hill.

Sinon, où serais-je maintenant ? Probablement toujours au château de Rosswood, cachée dans une mansarde ou à la cave ! »

Une fois prête, la jeune fille descendit. Elle ne fut pas mécontente de ne rencontrer aucun serviteur dans l'escalier ou dans le couloir des cuisines, car ils auraient été plutôt surpris de la voir habillée de la sorte pour aller passer la journée enfermée dans un bureau.

Comme Charles n'avait pas pensé à lui dire à quelle heure elle devait être prête, ni où ils devaient se retrouver, elle avait jugé plus sage d'être habillée de pied en cap dès la première heure.

« Je suppose qu'il enverra quelqu'un me chercher quand il voudra partir... »

Sans s'inquiéter davantage, elle se mit au travail. Comme chaque matin, le majordome avait posé sur le bureau le courrier. Elle devait trier les lettres en mettant de côté celles qui étaient adressées personnellement au duc ou à ses fils. Il y avait aussi les invitations, les demandes d'argent émanant d'organisations charitables...

Charles arriva quand elle était en train de classer les factures à payer.

— Je vois que vous êtes déjà prête.

— Comme je ne savais pas à quelle heure vous vouliez partir, j'ai jugé cela plus sage.

— Il fait si beau que j'ai pensé que nous pourrions nous promener en voiture dans Hyde Park avant de nous rendre au Grand Hôtel, lui dit-il.

— Oh, quelle bonne idée !

La jeune fille désigna une pile de cartons d'invitation.

— Mais peut-être aimeriez-vous jeter un coup d'œil à tout ceci avant de sortir ?

— Bah, cela peut attendre ! Il faut que je me méfie des invitations...

— Comment cela ?

— Si l'on ne fait pas très attention, on se retrouve à des soirées mortelles. Cela m'est arrivé deux fois la semaine dernière et je n'ai pas envie que cela recommence.

— Comment auriez-vous pu deviner que vous alliez vous ennuyer ? demanda Sheila en riant.

— Certains salons ont la réputation d'être assommants.

— C'est la vérité. Ma mère...

Comprenant qu'elle allait encore dire ce qu'il ne fallait pas, la jeune fille s'interrompit brusquement.

— Votre mère ? demanda Charles.

Sheila s'empressa de détourner la conversation.

— Avez-vous commandé une voiture ?

— Il y a un quart d'heure. Elle doit être déjà devant le perron.

La jeune fille se leva.

— Très bien ! Allons-y.

— Vous êtes fort élégante ce matin. Tous les clients du restaurant n'auront d'yeux que pour vous.

— Ou pour vous, milord ? lança Sheila avec une pointe d'impertinence. Dès que vous allez quelque part, cela se sait tout de suite !

— Quoi ?

Elle éclata de rire.

— Mais oui ! Dès le lendemain, il y a un ou

deux paragraphes flatteurs à votre sujet dans les colonnes mondaines des journaux.

— Je ne suis pas sûr que ce soit une bonne chose.

— Pourquoi ?

— Je vous expliquerai cela plus tard. Venez...

Il s'effaça pour la laisser sortir. Les deux valets qui étaient de faction dans le hall regardèrent la jeune fille d'un air stupéfait. Quant à Bates, le majordome, il avait visiblement peine à garder son impassibilité.

— La voiture vous attend, milord, réussit-il à dire d'une voix étranglée.

Lorsqu'elle vit les deux magnifiques pur-sang noirs qui étaient attelés à l'élégante calèche, Sheila eut envie d'aller les caresser.

Mais un valet en livrée venait de lui ouvrir la portière et elle fut bien obligée d'aller s'installer dans la voiture.

Le cocher était en livrée, lui aussi, tout comme le groom qui se percha à l'arrière du véhicule.

Il faisait un temps magnifique. Le soleil brillait dans un ciel sans nuage et une brise légère agitait doucement les feuilles des arbres du parc.

Les voitures et les cavaliers étaient nombreux dans les allées. Le Tout-Londres semblait s'être donné rendez-vous à Hyde Park en cette fin de matinée.

Beaucoup de gens saluèrent Charles de Craigstone. Les messieurs regardaient Sheila avec intérêt, les femmes avec une curiosité où il entrait une certaine part d'aigreur.

« Elles doivent se demander qui je suis... », se dit la jeune fille.

Après avoir fait une longue promenade dans le

parc, Charles ordonna au cocher de les emmener au Grand Hôtel en longeant la Tamise.

Ils passèrent tout d'abord devant le palais de Buckingham avant d'atteindre les quais. Sheila admirait l'eau qui scintillait au soleil, mais en voyant plusieurs bateaux à l'ancre, elle ne put s'empêcher de frissonner.

— Vous êtes sûr que ces horribles Chinois sont partis?

— Sûr et certain.

La jeune fille soupira.

— Je ne sais pas ce que je donnerais pour embarquer à bord d'un yacht et partir loin, très loin...

— Où?

— En Italie, en Grèce, en Égypte... aux Indes, même. Malheureusement je ne pourrai jamais voyager.

— Qui sait?

À mi-voix, comme pour lui-même, Charles déclara :

— Moi-même, j'aimerais aller visiter des pays que je ne connais pas encore.

Le cocher alla jusqu'à la Tour de Londres, puis fit demi-tour.

Quand ils arrivèrent devant le Grand Hôtel, Sheila se dit que ce déjeuner allait être très différent de ceux auxquels elle était habituée chez le duc de Craigstone. À midi, un valet ou une femme de chambre lui apportait un plateau... et il en était de même le soir.

Richard Hilton, qui les attendait dans le grand hall de l'hôtel, s'empressa d'aller à leur rencontre.

— Vous êtes encore plus belle à la lumière du jour, dit-il à la jeune fille d'un ton pénétré.

Il s'inclina et lui baisa la main.

— Je vous préviens : nous ne serons que trois. Je n'ai pas eu envie d'inviter d'autres personnes...

Après un silence, il reprit d'un ton presque passionné :

— Car je voulais être seulement avec vous, créature féerique...

— Ne me faites pas trop de compliments, je vous en prie, murmura Sheila avec embarras.

— Et avec vous, mon ami, ajouta Richard Hilton en posant la main sur l'épaule de Charles dans un geste fraternel.

Le fils du duc se mit à rire.

— Je ne suis pas dupe. Vous m'avez surtout invité pour que je vous amène Mlle Ash.

Richard ne le nia pas.

— Ma foi, il y a un peu de cela...

— Et je parie que vous souhaiteriez me voir investir des capitaux dans vos futures recherches.

— Là, vous n'avez pas tort.

— Quel est le but de votre prochain voyage ? Il faut que vous me racontiez tout cela...

— Avec plaisir. Mais nous serions mieux assis au restaurant pour discuter.

Il avait réservé l'une des meilleures tables. La vue que l'on avait de là sur la Tamise et la succession de ponts qui l'enjambait était splendide.

La jeune fille laissa les deux hommes étudier le menu et passer la commande. Cela fait, Charles demanda :

— Alors, où allez-vous cette fois ?

— Au nord du Tibet, où l'on vient de mettre au jour d'anciennes fortifications qui – paraît-il – n'ont jamais encore été fouillées.

— Et vous espérez y découvrir des trésors archéologiques ?

— Ou des trésors tout court, qui sait ? rétorqua Richard d'un ton léger.

— Ce voyage ne va pas être des plus confortables.

— Je m'y attends. Il faudra voyager à dos de mule, dormir sous la tente...

Richard haussa les épaules.

— Bah, je suis habitué à vivre à la dure au cours d'expéditions de ce genre !

— Ne comptez pas sur moi pour vous accompagner, dit Charles.

— Je ne vous en demande pas tant ! Je souhaiterais seulement que vous me donniez votre appui.

— Vous savez qu'il vous est entièrement acquis.

— Il me faudrait plus que cela.

— C'est-à-dire ?

— Vous portez un grand nom, Charles. Et si vous manifestiez un intérêt spécial pour ce voyage d'exploration, d'autres personnes se sentiront obligées d'en faire autant. Or j'ai besoin non seulement d'encouragement, mais aussi...

— De capitaux ! termina Charles à sa place. Cela, je l'avais compris.

— Il faut beaucoup d'argent pour organiser des expéditions de ce genre. Car vous vous doutez bien que je ne vais pas partir seul. Je vais emmener avec moi des archéologues, des historiens...

— Et à votre retour, on ne parlera que du Tibet et de ce que vous y aurez découvert dans toutes les revues spécialisées !

— Je l'espère bien.

— Mon ami, je ne demande qu'à vous aider,

assura Charles. Je vais parler de votre projet à toutes les personnalités que je connais. Nous pourrions même leur écrire…

Il se tourna vers Sheila.

— Je suis sûr que Mlle Ash serait prête à nous aider à rédiger les lettres.

— Naturellement, répondit la jeune fille.

Richard Hilton commençait à leur dire combien il leur était reconnaissant quand un homme s'approcha de leur table.

— Charles de Craigstone ! s'exclama-t-il. Je suis très heureux de vous trouver ici. J'avais justement l'intention de vous rendre visite.

Les deux hommes se serrèrent la main, puis Charles fit les présentations. Sheila apprit ainsi que le nouveau venu était écossais et s'appelait Angus MacLever.

« C'est bizarre, pensa-t-elle. Son visage me semble vaguement familier… Je suppose que je confonds ce monsieur avec quelqu'un d'autre car son nom ne me dit absolument rien. »

— Mon ami, sachez que je viens de louer l'un des plus beaux châteaux du Hertfordshire, déclara le nouveau venu avec enthousiasme.

— Vraiment ? Vous faites donc des infidélités à l'Écosse ? lança Charles de Craigstone en riant.

— Pas du tout. Mais je voulais avoir une propriété non loin de Londres. L'endroit est idéal… et dispose – ce qui est assez peu courant, vous l'avouerez –, d'un champ de courses.

— En effet. Quel est ce château ?

Sans attendre d'avoir été invité à s'asseoir, Angus MacLever s'installa à leur table.

— Il s'agit du château de Rosswood.

Sheila retint sa respiration en attendant la suite...

— Le défunt comte ne l'entretenait guère, faute d'argent, reprit l'Écossais. Si bien que ce magnifique bâtiment datant de l'époque élisabéthaine se trouvait en bien triste état. Le nouveau comte a entrepris de le restaurer. Et je le lui ai loué, ce qui nous arrange tous les deux. Lui a besoin de fonds pour effectuer les travaux nécessaires. Et moi je suis ravi de pouvoir disposer d'un petit pied-à-terre...

— En fait de petit pied-à-terre! lança le futur duc en riant.

— Cela me permet aussi d'avoir un champ de courses.

— Je peux comprendre que cela vous plaise. Moi-même, j'ai souvent pensé à construire un champ de courses à Craigstone.

— Le château est superbe. Il contient des collections fabuleuses de tableaux et d'objets d'art...

Charles hocha la tête.

— Tout le monde sait que les Rosswood ont été, au cours des siècles, des amateurs éclairés et qu'ils possèdent de très belles choses.

Angus MacLever poursuivit :

— Le week-end prochain, j'organise une réception au château de Rosswood. J'ai l'intention de convier douze ou quinze messieurs, tous excellents cavaliers car il y aura deux courses de chevaux dotées de très beaux prix. Chacun des invités est prié de venir avec ses propres montures.

— Quelle bonne idée! s'écria Charles de Craigstone.

— Êtes-vous tenté de participer à la course d'obstacles ou à la course de vitesse ?

Charles n'hésita pas.

— Aux deux, bien sûr ! Vous allez venir aussi, Richard ?

— M. Hilton sera le bienvenu, assura Angus MacLever.

Sheila remarqua qu'elle n'avait pas été incluse dans l'invitation.

« Peut-être parce qu'il s'agit d'une réunion entre hommes... Ou peut-être parce que M. MacLever a déjà invité suffisamment de femmes. »

Elle n'était pas froissée, loin de là ! Elle ne souhaitait pas revoir le château de Rosswood tant que Thomas, son cousin, en serait le maître.

« Et comme il n'est pas si âgé que cela, il risque de l'être pendant de longues années encore ! »

La jeune fille avait cependant peine à comprendre comment son cousin avait pu louer le château si peu de temps après en avoir pris possession. C'était bien la première fois que le domaine se trouvait livré à des étrangers !

« Pourquoi ne m'a-t-on rien dit ? Wilkins aurait pu me prévenir... Mais les Wilkins sont-ils toujours au château ? se demanda-t-elle avec angoisse. Et mon chien ? Qu'est devenu mon cher Dicky ? »

Après avoir précisé à Charles de Craigstone la date à laquelle aurait lieu la réception qu'il organisait à Rosswood, Angus MacLever se leva.

— De toute manière, je vous ferai parvenir une invitation écrite, promit-il.

Il alla rejoindre, à une table située à l'autre bout du restaurant, trois hommes d'allure assez ordinaire.

« Ce ne sont pas des gentlemen ! pensa la jeune fille. Et je dois dire que ce M. MacLever ne m'inspire pas la plus grande confiance. »

Charles de Craigstone paraissait ravi.

— Je serai très content de voir le château de Rosswood. Une merveille architecturale, m'a dit une fois mon père qui a bien connu le comte de Rosswood – pas l'actuel, ni le précédent... Il s'agissait, je crois, du père du défunt comte.

« Mon grand-père ! » fit la jeune fille dans son for intérieur.

— Une course d'obstacles, une course de vitesse... reprit Charles. Cela me plaît, Richard !

Il adressa à son ami un coup d'œil surpris.

— Vous n'avez pas l'air content ! Pourtant, vous êtes un cavalier émérite !

— Ce MacLever ne m'inspire pas confiance.

— Pourquoi dites-vous cela ?

— Une impression que j'ai... Or mon intuition me trompe rarement quand il s'agit de juger les hommes. Connaissez-vous bien celui-ci ?

— Non, admit Charles. J'ai eu l'occasion de le rencontrer une ou deux fois dans des réceptions. Nous avons échangé quelques banalités... Cela s'est arrêté là.

— Je me demande s'il est vraiment ce qu'il prétend être... fit Richard à mi-voix.

Sheila avait exactement les mêmes doutes.

« Tout cela me semble louche, je ne sais pas pourquoi. Une réception à la campagne, des courses de chevaux... C'est bien anodin, certes ! Mais si l'on me disait que cet homme manigance quelque chose d'indélicat, je ne serais pas autrement étonnée. »

On venait de leur apporter des médaillons de

langouste à la mayonnaise et elle s'efforça de faire honneur à ce plat délicieux.

Pendant le repas, ils parlèrent surtout de la future expédition de Richard Hilton au Tibet et il ne fut plus une seule fois question de la réception organisée par Angus MacLever.

Un peu plus tard, dans la calèche qui les ramenait à l'hôtel particulier des Craigstone, Sheila ne put s'empêcher de demander :

— Vous aviez donc déjà entendu parler du château de Rosswood ?

— Bien sûr. Mais je n'ai jamais eu l'occasion d'y aller. Quel dommage que ce magnifique domaine ait été laissé plus ou moins à l'abandon par son précédent propriétaire !

— Faute d'argent, apparemment.

Charles la regarda avec attention.

— Vous avez l'air triste...

La jeune fille eut un sourire forcé.

— Pas du tout ! assura-t-elle. J'ai été très heureuse de déjeuner avec vous et Richard Hilton. Mais chacun sait que les bons moments ont toujours une fin. Maintenant, il faut que je me remette au travail.

— MacLever aurait pu vous inviter, vous aussi ! Cela aurait été la moindre des politesses, puisque vous étiez en notre compagnie.

— Il s'agit peut-être d'une réunion sportive entre hommes.

— C'est possible. Et chacun sait que les réunions de ce genre ennuient toujours les femmes.

« Pas moi ! eut envie de répondre Sheila. Je serais ravie d'assister à des courses de chevaux... »

Mais bien entendu, elle eut la sagesse de garder ses réflexions pour elle.

Lorsque la voiture arriva à Grosvenor Square, elle adressa un sourire à Charles.

— Il ne me reste plus qu'à vous remercier de m'avoir emmenée déjeuner au Grand Hôtel avec M. Hilton.

— Je vous en prie !

— C'était vraiment très agréable.

— Cela a été très agréable pour moi aussi.

Dès que la calèche s'arrêta devant le perron de l'hôtel particulier, le groom sauta en bas de la voiture pour ouvrir les portières.

Charles de Craigstone sortit le premier et tendit la main à Sheila pour l'aider à descendre. Puis il prit le temps de donner quelques instructions au groom. Et quand il se retourna, Sheila avait disparu...

La jeune fille était déjà dans sa chambre. Elle s'empressa d'ôter son élégant ensemble pour revêtir l'une des robes très simples qu'elle mettait pour travailler.

Puis elle alla à la fenêtre et contempla les arbres du square avec nostalgie.

« Je ne sais ce que je donnerais pour être de retour à Rosswood ! » se dit-elle.

Par ce temps magnifique, le parc devait être si beau... Elle ferma les yeux et crut voir le château se refléter dans le lac où évoluaient majestueusement quelques cygnes.

« Et maintenant, c'est un étranger qui habite ma maison ! C'est un étranger qui dort dans le lit à baldaquin où ont dormi les ancêtres ! »

Elle serra les poings.

« Louer le château ! Comment mon cousin a-t-il

pu faire une chose pareille ? Il n'a donc aucun respect ? »

L'angoisse la rongeait.

« Et Dicky ? Et les Wilkins, que sont-ils devenus dans tout cela ? »

Il fallait absolument qu'elle les contacte sans perdre une seconde pour savoir ce qui avait bien pu se passer...

Une fois assise à son bureau, Sheila laissa de côté le courrier auquel elle devait répondre pour se mettre en devoir d'écrire à Wilkins.

Elle lui raconta qu'elle venait d'entendre un Écossais raconter qu'il venait de louer le château de Rosswood et qu'il organisait pour le week-end prochain une grande réception et des courses de chevaux.

Je m'inquiète beaucoup à votre sujet et au sujet de Mme Wilkins, poursuivit la jeune fille. *J'espère que M. MacLever a engagé assez de serviteurs pour vous aider.*

Je vous avouerai que je suis triste quand je pense que c'est maintenant un étranger qui occupe le château.

Écrivez-moi vite, racontez-moi ce qui se passe car je me fais du souci à votre sujet. Je pense souvent à vous et j'espère de tout mon cœur que tout va bien. Dites-moi aussi ce que devient mon labrador.

Ce que craignait surtout Sheila, c'était que M. MacLever, les jugeant trop âgés, n'ait renvoyé les Wilkins pour amener ses propres domestiques.

« S'il leur a dit qu'il ne voulait pas les employer, où sont-ils allés ? Que sont-ils devenus ? » se demanda-t-elle avec angoisse.

Elle reçut une réponse trois jours plus tard.

— Il y a une lettre pour vous, mademoiselle Ash ! annonça le majordome en apportant le courrier. Je l'ai mise au-dessus de la pile.

La jeune fille s'empressa de décacheter l'enveloppe en vilain papier gris.

Mademoiselle Sheila,
Surtout ne vous inquiétez pas, tout va bien pour nous.
Le nouveau milord est retourné là d'où il venait après avoir loué le château pour une grosse somme. Les ouvriers travaillent toute la journée.
Mme Wilkins a deux filles de cuisine pour l'aider. Et moi j'ai deux valets.
Oui, tout va bien. Nous regrettons seulement que vous ne soyez pas ici avec nous.
Votre chien ne semble pas malheureux. Mais qui peut savoir ce qui se passe dans la tête d'un animal ?
Mademoiselle Sheila, je souhaite que pour vous tout aille bien aussi.
Votre dévoué :

Wilkins

La jeune fille laissa échapper un soupir de soulagement. Les Wilkins étaient donc toujours au château et s'occupaient de Dicky.

« Mais comment mon cousin a-t-il pu louer le berceau de la famille ? C'est honteux ! Père avait tout le temps besoin d'argent, cependant jamais il n'aurait fait une chose pareille ! »

Le lendemain, à sa grande surprise, Sheila reçut encore une lettre. Mais celle-ci était rédigée sur un épais feuillet de vélin. C'était Richard Hilton qui lui écrivait pour la remercier du petit mot qu'elle lui avait envoyé après être allée déjeuner au Grand Hôtel.

Il lui apprenait qu'il allait passer quelques jours à Édimbourg pour admirer les dernières acquisitions d'un musée.

J'espère que vous accepterez de déjeuner de nouveau avec moi à mon retour, ajoutait-il.
Il me sera impossible de me rendre au château de Rosswood avec Charles ce week-end, ce qui, je vous l'avoue, m'inquiète un peu.
Comme je l'ai déjà dit, cet Écossais ne m'inspire aucune confiance. J'espère me tromper, mais je ne serais pas étonné d'apprendre qu'il mijote quelque mauvais coup.
J'écris également à Charles pour le mettre en garde. M'écoutera-t-il ? Vous êtes une personne aussi intelligente que perspicace, et j'ai eu l'impression que vous aviez des réserves à l'égard de ce MacLever.
Veillez donc au grain, comme disent les marins !

Sheila ne demandait que cela. Mais elle se rendait compte que ses moyens d'action étaient fort limités.

Et depuis ce déjeuner au Grand Hôtel, elle n'avait pas eu l'occasion de revoir Charles. Ce dernier se contentait de lui faire porter par un valet les missives auxquelles il souhaitait qu'elle réponde. Il notait quelques indications en marge et elle n'avait plus qu'à rédiger les lettres que le valet venait chercher un peu plus tard.

« C'est étrange, on dirait qu'il m'évite », se disait la jeune fille.

Et elle haussait les épaules.

« Il a autre chose à faire qu'à s'occuper de la secrétaire ! Entre son père gravement malade, ses amis... et la comtesse de Swanson, je suppose qu'il est très occupé ! »

Elle se surprenait souvent à penser à Charles de Craigstone. Elle évoquait son beau visage, son regard pénétrant, son sourire chaleureux... et alors son cœur se mettait alors à battre plus fort...

« J'ai tort de rêver, se disait-elle. Il faut que j'admette que je ne suis plus désormais qu'une simple secrétaire. Je dois prendre l'habitude d'être ignorée quand on n'a plus besoin de moi. »

Il lui arrivait souvent de contempler la robe en mousseline de soie bleue qu'elle avait portée un soir pour descendre dîner.

« Il est à craindre que cela n'arrive plus jamais. Charles va certainement s'arranger, à l'avenir, pour qu'il n'y ait plus jamais treize convives à table... La solitude est devenue mon lot. »

Elle devait s'habituer à ce que l'on lui apporte mes repas sur un plateau, soit dans son bureau, soit dans sa chambre.

« La place d'une employée comme moi n'est pas au salon », conclut-elle.

7

Ce dimanche-là, Sheila s'éveilla de bonne heure. Mais elle ne se leva pas immédiatement : n'était-ce pas son jour de repos ?

« Je n'ai pas besoin d'aller travailler aujourd'hui ! » se dit-elle avec satisfaction.

Elle avait déjà décidé de se rendre à l'église afin d'assister à l'office du dimanche, puis de faire une grande promenade dans Hyde Park pour admirer les chevaux et les cavaliers.

Cela la fit penser à Charles, qui devait se trouver en ce moment même au château de Rosswood.

« M. MacLever a dû organiser une course le samedi et une autre le dimanche », pensa-t-elle.

Elle imaginait les cavaliers sur le champ de courses qu'elle connaissait si bien...

« J'espère que Charles va remporter tous les prix ! »

Elle ne l'avait encore jamais vu monter à cheval, mais elle était persuadée que c'était un excellent cavalier.

La jeune fille se leva à neuf heures. Puis elle mit un joli ensemble pour se rendre à l'église.

Elle était en train de se dire qu'elle ferait bien

de descendre à la cuisine pour y prendre son petit-déjeuner quand on frappa à la porte.

Elle s'empressa d'aller ouvrir, pensant qu'une femme de chambre avait eu la bonne idée de lui apporter une tasse de thé et quelques toasts.

Mais à sa grande surprise, ce fut un valet qu'elle trouva sur le seuil. Et sans plateau de petit-déjeuner...

— Milord demande que vous le rejoigniez dans la bibliothèque, mademoiselle.

La jeune fille ouvrit de grands yeux.

— Milord est donc déjà de retour ?
— Il est arrivé voici un quart d'heure.
— Je descends tout de suite.

Tout en se dirigeant vers l'escalier, elle essayait de comprendre pourquoi Charles était revenu à Londres dès le dimanche matin, alors qu'il était censé rester à Rosswood pendant tout le week-end.

«Il a dû partir à l'aube pour arriver d'aussi bonne heure ! Je me demande ce qui a pu se passer là-bas...»

Lorsqu'elle ouvrit la porte, il y eut un bref aboiement et le labrador qui était assis aux pieds de Charles de Craigstone se leva d'un bond et courut vers elle en gémissant de joie.

— Dicky ! s'écria la jeune fille.

Le chien gambadait autour d'elle. Les larmes aux yeux, Sheila s'agenouilla et le caressa.

— Oh ! Dicky, comme je suis contente de te revoir ! Quelle surprise...

L'espace d'un instant, elle avait oublié la présence de Charles. Elle s'empressa de se relever et le regarda d'un air à la fois inquiet et interrogateur.

— Le majordome du château de Rosswood m'a

dit que cet animal était très malheureux depuis que vous étiez partie. Il m'a demandé si cela ne m'ennuyait pas trop de vous l'amener.

«Wilkins pense à tout! se dit la jeune fille avec émotion. Il a même trouvé le moyen de m'envoyer Dicky!»

Tout haut, elle déclara:

— Vous êtes trop gentil de vous être donné cette peine! Si vous saviez combien je suis heureuse! Il me manquait beaucoup, je ne cessais de penser à lui.

Soudain inquiète, elle demanda:

— Mais me permettez-vous d'avoir un chien?

— Si ce n'était pas le cas, je ne serais pas revenu avec lui. Personne ne semblait vouloir s'occuper de lui à Rosswood. À part le majordome et sa femme, qui, si j'ai bien compris, est cuisinière au château.

— C'est... c'est cela.

La jeune fille se baissa pour caresser Dicky.

— Je vous promets qu'il sera très sage. Personne ne s'apercevra de sa présence.

— Vous auriez dû me dire que vous aviez un chien! Je ne suis pas un ogre, je ne vous aurais pas empêché de l'avoir ici.

La jeune fille laissa échapper un profond soupir.

— Comment aurais-je pu deviner que vous seriez assez compréhensif pour permettre à une employée d'avoir un animal avec elle?

Il y eut un silence.

— J'avais complètement oublié que vous aviez travaillé pour le défunt comte de Rosswood, dit Charles. Pourquoi ne me l'avez-vous pas rappelé?

— Euh...

La jeune fille chercha une réponse plausible.

— Il aurait été difficile de parler de... de mon précédent emploi devant Richard Hilton.

— Vous avez raison.

De nouveau, un silence pesa.

— Mademoiselle Ash, j'ai besoin de votre aide, déclara Charles de Craigstone à brûle-pourpoint.

— Vous savez bien que je suis prête à faire tout ce que je peux pour vous rendre service. De quoi s'agit-il ?

Sans attendre la réponse du futur duc, elle demanda :

— Mais tout d'abord, parlez-moi des courses de chevaux !

— Elles ont eu lieu hier.

— Toutes les deux ?

— Toutes les deux, oui, fit-il d'un ton absent. Et je les ai remportées.

— Bravo !

Charles eut un geste indifférent.

— Bah ! Asseyez-vous, mademoiselle Ash. Je me retrouve dans une situation très difficile et j'ai vraiment besoin que vous m'aidiez... Laissez-moi tout d'abord vous expliquer ce qui s'est passé.

D'un geste machinal, il rejeta ses cheveux sombres en arrière.

— Vous avez déjà sauvé Rupert. Maintenant, c'est moi que vous devez sauver !

Sidérée, la jeune fille ne sut que répondre.

— Oui, moi ! répéta-t-il avec un sourire qui ressemblait plutôt à une grimace.

— Mais qu'a-t-il bien pu se passer à Rosswood ?

— Vous savez que M. MacLever m'a proposé de passer le week-end là-bas ?

— Bien sûr : j'étais présente quand il a lancé l'invitation.

— À mon arrivée, j'ai été assez étonné de constater qu'il n'avait réuni que des hommes.

— S'il s'agissait d'une manifestation sportive...

— Quand même ! Organiser une réception sans y convier la moindre dame, cela semble pour le moins étrange ! La seule représentante du sexe faible était sa fille Ursula.

Sheila attendit la suite. Elle commençait à comprendre que Charles était tombé dans un piège, comme le craignait Richard Hilton.

« Il m'avait demandé de veiller sur son ami, mais qu'aurais-je pu faire, quand j'étais restée à Londres ? »

— Je suis donc arrivé vendredi à Rosswood. La plupart des cavaliers étaient mes amis et nous étions heureux de nous retrouver pour dîner ensemble dans la superbe salle à manger du château. Ursula MacLever était assise à ma droite, mais j'avoue ne m'être guère occupé d'elle. À ma grande honte, je dois dire que nous avions tous un peu trop bu et que nous faisions beaucoup de bruit...

Sheila ferma les yeux et tenta d'imaginer Charles et ses amis autour de la longue table en acajou.

— Après dîner, je suppose que vous êtes allés dans le salon à musique ? interrogea-t-elle.

— Mais oui. C'est une très jolie pièce que vous devez connaître, puisque vous avez travaillé là-bas.

— En effet.

— L'un de mes amis, qui est bon musicien, s'est mis au piano et la soirée s'est terminée fort agréablement. Le lendemain, nous avons passé la journée sur le champ de courses.

— Je suppose que M. MacLever l'a remis en état. Car il y avait longtemps qu'il n'avait pas été utilisé. Je me souviens que la piste était envahie par les ronces et avait bien besoin d'être nivelée...

— Tout a été refait à neuf.

— Et vous avez gagné les deux courses ? Celle d'obstacles comme celle de vitesse ? Vous devriez être content !

— À ce moment-là, je l'étais, car j'ignorais ce qui m'attendait.

Il secoua la tête.

— Seigneur ! Qui aurait jamais pu imaginer...

Il s'interrompit brusquement. Sheila, comprenant qu'il était bouleversé, respecta son silence.

— C'était donc hier soir, reprit-il. Nous avons eu de nouveau droit à un excellent dîner. Nous avons comme la veille un peu trop bu et fait quelques plaisanteries... puis chacun est monté dans sa chambre.

Il s'éclaircit la gorge.

— Ne vous choquez pas. Ce qui va suivre n'est pas pour les oreilles d'une jeune fille, mais pour que vous m'aidiez, il faut bien que vous soyez au courant !

— Vous pouvez tout me dire. Je ne suis pas si bégueule !

— Donc, je suis allé dans ma chambre, à laquelle faisait suite un cabinet de toilette...

— Comme dans toutes les chambres d'honneur du premier étage.

— Vous connaissez bien le château !

— Forcément ! fit Sheila avec une pointe d'amertume.

— Je me suis donc rendu dans le cabinet de toilette et, seulement vêtu d'une chemise de nuit, je suis retourné dans ma chambre. Et c'est à ce moment-là que j'ai eu la surprise de ma vie !

Il marqua une pause afin de ménager ses effets.

— Ursula MacLever était dans mon lit !

— Dans votre lit ! Seigneur !

— J'ai compris immédiatement que j'étais tombé dans un guet-apens. MacLever n'avait organisé ce week-end que dans ce but.

Il n'eut pas besoin d'en dire davantage : déjà, Sheila avait compris.

— Cet homme est donc prêt à tout pour que sa fille devienne un jour duchesse ?

— Exactement. Et j'aurais dû me méfier... Ce MacLever, qui est parti de rien – certaines lacunes dans son éducation en sont la preuve plus qu'évidente – possède une énorme fortune. Il est bien décidé à ce que sa fille unique épouse un homme titré, ayant des relations dans les plus hautes sphères, un membre de la Chambre des lords, un ami de la famille royale...

— Bref, le plus beau parti du royaume !

— Sans fausse modestie, je peux me vanter de l'être.

— Qu'avez-vous fait ?

— J'allais dire à Ursula de sortir de mon lit et de ma chambre. Mais juste à ce moment-là, la porte s'est ouverte sur MacLever et deux témoins.

Sheila porta la main à son cœur.

— Mon Dieu, il avait tout organisé !

— Vous pensez bien qu'il n'allait rien laisser au hasard. L'un de ses témoins s'est mis en devoir d'esquisser un croquis d'Ursula MacLever et de moi !

— Oh !

— Sur l'instant, j'ai été tellement sidéré que je

n'ai rien trouvé à dire. MacLever a alors déclaré : « Par votre faute, la réputation de ma fille est perdue ! Il faut que vous répariez le mal que vous avez fait ! Vous allez l'épouser dans les plus brefs délais ! »

— Quel ignoble individu !

— J'allais lui dire qu'il m'avait tendu un piège grossier et que jamais je n'épouserais sa fille. Mais il était déjà sorti avec l'un de ses témoins. L'autre, celui qui dessinait, prit tout son temps pour terminer son croquis avant de partir à son tour – en fermant la porte !

— Que... qu'avez-vous fait ?

— J'ai ordonné à Ursula de sortir de mon lit et de partir.

Sheila attendit la suite, le cœur battant.

— Ce qu'elle a fait sans protester, termina-t-il.

Après un long silence, la jeune fille déclara :

— Il a été très habile.

— Et moi bien trop confiant... Dès l'aube, je suis parti sans même prendre congé.

— Vous n'aviez pas à prendre congé d'un hôte aussi méprisable !

— C'est certain.

— Et qu'allez-vous faire maintenant ?

— J'ai un plan... mais j'ai besoin de votre aide.

— Comme je vous l'ai déjà dit, elle vous est tout acquise.

— Vous avez déjà réussi à tirer Rupert des griffes des Chinois. Réussirez-vous à me tirer de celles de MacLever ?

— Comment ? murmura la jeune fille. Pour votre frère, cela semblait relativement simple... Mais dans votre cas, honnêtement, je ne vois pas.

— Moi, j'ai une idée.

— Dites.

— Je suis sûr que MacLever va me suivre jusqu'ici et me harceler pour que j'épouse sa fille. Il y a bien un moyen pour le décourager...

— Lequel ?

— Nous n'aurons, dès qu'il se présentera, qu'à vous présenter comme étant ma fiancée.

La jeune fille haussa les sourcils.

— Voilà une parade parfaite !

— Êtes-vous prête à jouer ce rôle ?

La jeune fille n'hésita pas une seconde.

— Naturellement.

— Il sera pris de court... Nous lui dirons que mon père est très mal et que c'est à cause de cela que nos fiançailles n'ont pas encore été annoncées officiellement.

— Il comprendra alors qu'il a perdu la partie.

— C'est ce que j'espère. Merci ! Merci infiniment de venir encore une fois à mon aide.

— N'est-ce pas normal ? demanda Sheila en se levant.

Il lui prit les mains.

— Vous êtes extraordinaire ! Vous êtes merveilleuse !

La jeune fille sentit les battements de son cœur s'accélérer follement. Et quand Charles porta sa main à ses lèvres, elle crut défaillir.

Ce fut ce moment-là que choisit le majordome pour ouvrir la porte et annoncer :

— M. Angus MacLever, milord.

Sheila dégagea vivement sa main. Et l'Écossais fit son entrée dans la bibliothèque d'un air triomphant...

La jeune fille le trouva encore plus antipathique que la première fois qu'elle l'avait vu, au Grand Hôtel.

Il croisa les bras et toisa le futur duc d'un air sarcastique.

— Vous êtes parti de bien bonne heure, cher ami ! Sans même dire au revoir, sans même remercier... De tels procédés m'ont, je l'avoue, beaucoup étonné de la part d'un aristocrate distingué !

— J'avais à faire à Londres... cher ami.

— Pas possible, cher ami ! s'exclama MacLever avec un rire sardonique.

Charles prit une profonde inspiration avant de déclarer :

— Permettez-moi... cher ami, de vous présenter ma future femme. Nos fiançailles n'ont pas pu être annoncées officiellement à cause de la maladie de mon père.

L'expression d'Angus MacLever changea.

— Si vous croyez que vous allez vous en tirer comme cela, vous vous trompez ! lança-t-il d'une voix grinçante. Vous vous êtes conduit de manière abominable envers ma fille et je demande réparation.

Il sortit de sa poche un croquis.

— Voici la preuve de votre forfaiture, monsieur ! Vous avez attiré une jeune fille candide dans votre chambre ! Si vous refusez de l'épouser, je ferai faire des copies de ce dessin et je les enverrai à tous les journaux.

Avec un ricanement déplaisant, il s'écria :

— Dans les salons huppés comme dans les chaumières, tout le monde se moquera du futur duc de Craigstone, cela, je peux vous l'assurer !

Horrifiée, Sheila porta les mains à son visage en laissant échapper une brève exclamation.

Dicky se mit alors à gronder d'un air menaçant. Quand il s'approcha d'Angus MacLever, ce dernier recula avec effroi.

— Emmenez cet animal hors d'ici! cria-t-il. Je déteste les chiens!

Sheila regarda le maître chanteur avec stupeur.

«Comme c'est étrange, pensa-t-elle. Le visage de cet homme m'avait paru vaguement familier et je reconnais maintenant sa voix... Mais quand l'ai-je vu? Où? Dans quelles circonstances?»

Et brusquement, tout lui revint.

C'était au château de Rosswood qu'elle l'avait entendu parler du même ton dur. Et cela, quand Dicky – exactement comme maintenant –, était allé vers lui en grondant férocement...

Elle avait appris plus tard que cet individu avait soutiré beaucoup d'argent à son père, en lui promettant monts et merveilles... Bien entendu, le comte de Rosswood l'avait cru, comme il croyait tous ceux qui venaient le trouver en l'assurant de bénéfices fabuleux s'il investissait dans une société qui devait prendre très vite une expansion phénoménale.

D'une voix qui parut résonner en mille échos dans la pièce, Sheila lança:

— Vous n'êtes pas Angus MacLever! Vous êtes Frederick Smith!

Ce fut comme si la foudre venait de tomber aux côtés du déplaisant visiteur.

— Que... que dites-vous? balbutia-t-il.

— Vous vous êtes présenté au château de Rosswood sous le nom de Frederick Smith. Vous avez extorqué au comte de Rosswood tout l'argent que vous avez pu, sous prétexte de monter une société qui devait faire votre fortune – et la sienne.

La jeune fille croisa les bras.

— Grâce à cet argent, il semblerait en effet que vous ayez fait fortune puisque à l'époque vous n'aviez pas un sou vaillant! Et maintenant que vous voilà riche, vous vous permettez de changer de nom!

— Mais...

Sheila lui coupa la parole.

— Vous prétendez être un Écossais de bonne famille alors que vous sortez des bas-fonds de Londres! Ce n'est pas tout! Voilà que, en ayant recours à des moyens méprisables, vous avez voulu obliger un aristocrate à épouser votre fille!

— De quel droit me parlez-vous sur ce ton? J'ai changé de nom tout à fait légalement.

— Le château de Rosswood...

— Je l'ai loué. N'en ai-je pas le droit?

— Son propriétaire est mort, mais il a laissé une famille à laquelle doit revenir l'argent qu'il vous a donné et que vous avez transformé en or.

— Le défunt comte n'avait pas de fils.

Smith se fâcha.

— Et de toute manière, tout cela ne vous regarde pas!

— Justement si, car l'argent que vous avez volé, c'est le mien!

Le faux Écossais la toisa avec mépris.

— Votre argent? Et quoi encore?

— L'homme que vous avez dépouillé n'était autre que mon père.

La jeune fille lui fit face avec fierté.

— Je suis lady Sheila de Rosswood et je vous mets en demeure de me rendre ce qui me revient.

J'estime que les quinze mille livres sterling que mon père vous a confiées doivent aujourd'hui se chiffrer en millions.

— Mais que raconte-t-elle là ? grommela Smith. La fille du comte de Rosswood... Et quoi encore ? Le majordome m'a dit quand je suis arrivé ici : « Milord est avec sa secrétaire. »

Charles de Craigstone, qui avait suivi ce dialogue avec stupeur, prit enfin la parole.

— Moi, je suis certain d'une chose, monsieur. C'est que lady Sheila dit la vérité, tandis que vous mentez ! Si vous ne remettez pas immédiatement son argent à lady Sheila de Rosswood, je n'hésiterai pas à porter plainte contre vous pour escroquerie.

— Vous n'oserez pas !

— Je suis prêt à tout pour ruiner un homme qui m'a tendu un piège aussi ignominieux. Mais je vous préviens que si nous portons cette affaire devant les tribunaux, vous aurez beaucoup plus à perdre qu'à gagner, car vous serez obligé de rembourser à lady Sheila tout ce que vous lui devez, plus de très importants intérêts.

— Comment peut-elle prouver que...

— J'ai gardé tous les reçus ! coupa la jeune fille. Je les ai là-haut, avec les papiers que j'ai emportés en quittant le château.

Charles hocha la tête.

— Parfait !

Smith haussa les épaules.

— Puisque c'est ainsi que vous le prenez, je vais lui donner ses quinze mille livres, fit-il de mauvaise grâce.

— Plus les énormes intérêts correspondants ! coupa Charles de Craigstone. C'est une véritable fortune que vous devez à la fille du comte de Rosswood.

Voyant qu'Angus MacLever alias Frederick Smith s'apprêtait à protester, il poursuivit :

— De plus, n'oubliez pas que si cette affaire doit se régler devant les tribunaux, tout le monde vous tournera le dos. Vous avez réussi – Dieu sait comment ! –, à vous introduire dans la haute société, mais votre position ne tient qu'à un fil ! Car si l'on apprend de quoi vous êtes capable, les portes que vous avez dû avoir beaucoup de mal à ouvrir vont se refermer hermétiquement.

Smith comprit qu'il avait perdu la partie.

— Très bien. Je remettrai à lady Sheila la somme que je n'aurais pas manqué de remettre à son père si ce dernier était toujours de ce monde. Mais à une condition !

— Êtes-vous en mesure de fixer des conditions ? demanda Charles de Craigstone avec dédain.

Sans tenir compte de l'interruption, Smith poursuivit :

— Je vais remettre à lady Sheila une véritable fortune... à condition que nul ne sache ce qui s'est passé.

— Si vous vous comportez dignement, je ne révélerai à personne votre véritable nom, pas plus que je ne parlerai du piège méprisable que vous m'avez tendu au château de Rosswood. Tout ceci restera entre nous.

Charles parut encore se redresser, tandis que son visiteur semblait se rapetisser de plus en plus.

— Oui, vous en avez ma parole, Smith ! Rien de ce qui vient de se passer entre ces quatre murs ne transpirera au-dehors. Mais si vous tentez de m'escroquer d'une manière ou de l'autre – ce dont je vous crois tout à fait capable –, sachez que je n'hésiterai à donner à cette affaire toute la publicité qu'elle mérite. Et je vous assure que ce ne sera pas moi le perdant !

Smith adressa un coup d'œil plein de haine aux deux personnes qui venaient, en quelques minutes, de lui faire perdre non seulement le bénéfice d'un plan soigneusement ourdi, mais aussi une partie de sa fortune.

Mais pouvait-il protester sans risquer de s'enfoncer encore davantage ?

— Avant la fin de la journée, je ferai porter un chèque à la fille du comte de Rosswood, marmonna-t-il en déchirant le croquis.

Là-dessus, il sortit en claquant violemment la porte.

Dès que Charles se retrouva seul avec Sheila, il la prit dans ses bras.

— Pourquoi ne m'avez-vous rien dit, mon amour ?

Leurs lèvres se rencontrèrent dans un baiser sans fin. Les yeux clos, la jeune fille répondit à ce baiser dans un élan venu du plus profond d'elle-même.

Enfin, Charles releva la tête et la contempla avec ferveur.

— Je vous aime, avoua-t-il. Je vous ai aimée dès le premier instant que je vous ai vue. Mais je n'osais franchir le pas... En effet, comment les miens auraient-ils pris une telle mésalliance ? Le scandale aurait été grand, tant dans ma famille que dans la société... Les princes épousent peut-être les bergères dans les romans, mais dans la vie de tous les jours, a-t-on jamais vu un duc épouser une secrétaire ?

Il resserra son étreinte.

— Et un miracle s'est produit ! Je vous aime tant que je n'ai pas le courage d'attendre davantage. Sheila, mon amour, je voudrais tant que vous deveniez ma femme...

Éblouie, elle posa la tête sur l'épaule de Charles et le tendre aveu lui vint enfin aux lèvres :

— Je vous aime...

— Tout comme je vous aime. Acceptez-vous de m'épouser ?

— Je n'ai pas de plus cher désir.

Un doute soudain saisit la jeune fille.

— Mais pourquoi m'avez-vous ignorée ces derniers temps ? Vous m'évitiez. Je pensais que vous m'aviez oubliée...

— Je passais la plus grande partie de mon temps avec mon père.

Un sourire lui vint aux lèvres.

— Il va beaucoup mieux depuis quelques jours.

— Quelle bonne nouvelle !

Avec une infinie tendresse, Charles suivit du bout de l'index le contour des lèvres pleines de Sheila.

— Mlle Ash était donc en réalité la fille du comte de Rosswood ! Quelle étonnante histoire ! Quelle surprise !

— Il fallait bien que je travaille ! J'étais ruinée et le nouveau comte, mon cousin Thomas, m'avait mise à la porte du château.

— Est-ce possible ?

— Hélas !

La jeune fille soupira.

— À l'instar des Américains qui ont bâti des fortunes énormes, mon père espérait devenir millionnaire. Il a investi tout ce qu'il possédait dans des entreprises qui ont fait faillite les unes après les autres. Il aurait été si heureux d'apprendre que Frederick Smith avait réussi à faire fructifier son argent !

— N'ayez crainte, cet escroc vous rendra ce qu'il vous doit.

Charles caressa les cheveux dorés de Sheila.

— La jolie secrétaire est devenue une riche héritière ! fit-il en riant.

— Je voudrais consacrer une partie de cette somme à ceux qui m'ont tant aidée quand j'étais encore au château de Rosswood. Je pense surtout aux Wilkins, le majordome et la cuisinière...

— C'est Wilkins qui m'a poussé à vous amener Dicky.

— Et c'est grâce à Dicky que Frederick Smith a été démasqué ! Le visage de cet homme m'était vaguement familier, mais je ne parvenais pas à me souvenir de l'endroit où je l'avais vu. J'ai compris que ce soi-disant Angus MacLever n'était que Frederick Smith, l'homme qui avait dépouillé mon père de quinze mille livres sterling, quand Dicky lui a montré les crocs. La même scène s'était produite au château de Rosswood... Dicky sait reconnaître d'instinct les gens dont il faut se méfier.

Elle se pencha pour caresser le labrador qui s'était couché à leurs pieds.

— Merci, Dicky.

Charles tapota à son tour la tête du chien.

— Merci, Dicky.

Quand ce dernier lui lécha la main, Sheila sourit.

— Apparemment, il ne se méfie pas de vous !
— Je l'espère bien !

Charles reprit la jeune fille dans ses bras.

— Nous allons être si heureux ensemble !

— Oh, oui !

— Comme mon père va nettement mieux, ainsi que je vous l'ai dit, nous pourrions envisager de nous marier en grande pompe... Mais cela demande tant de préparatifs ! La réception, les invitations, et j'en passe ! Si nous voulons une cérémonie imposante, il nous faudra attendre au moins un mois ! Je n'ai pas le courage d'attendre si longtemps.

Sheila se lova tendrement contre Charles.

— Moi non plus. Je préfère que nous nous mariions dans l'intimité... et le plus vite possible.

— Mon amour...

Leurs lèvres se rencontrèrent dans un baiser passionné tandis que Dicky, à leurs pieds, laissait échapper un profond soupir d'aise.

Barbara Cartland

**Découvrez, sans plus attendre,
les autres romans de Barbara Cartland, la reine
incontestée du roman sentimental.
Voici la liste de ses romans actuellement disponibles.**

Que notre bonheur dure
No 1204 Cat. E

La belle et le l opard
No 1215 Cat. E

Les larmes de l amour
No 1228 Cat. E

Pas d ombre sur notre amour
No 1262 Cat. E

Le prince et le p kinois
No 1263 Cat. E

Je t ai cherch toute ma vie
No 1273 Cat. E

Pour vivre avec Axel
No 1286 Cat. E

Les amours au paradis
No 1297 Cat. E

La course aux maris
No 1310 Cat. E

Il ne nous reste que l amour
No 1347 Cat. E

L amour fou de Zivana
No 1348 Cat. E

La fleur de Cornouailles
No 1361 Cat. E

Les deux cousines
No 1384 Cat. G

Pirate d amour
No 1455 Cat. E

Un amour qui ne meurt jamais
No 1468 Cat. E

Le marquis et la gouvernante
No 1682 Cat. B

Princesse rebelle
No 2567 Cat. E

Au secours, mon amour
No 2588 Cat. E

La sir ne de Monte-Carlo
No 2648 Cat. E

Amour, argent et fantaisie
No 2832 Cat. E

L amour est un jeu
No 2872 Cat. E

La course l amour
No 2903 Cat. E

L amour tomb du ciel
No 3140 Cat. E

Comme une blonde f e
No 3306 Cat. E

Effray e...
No 3325 Cat. E

L aube de la passion
No 3377 Cat. E

Passion diabolique
No 3470 Cat. E

 toi, mon roi
No 3661 Cat. E

Les deux mariages de Th r sa
No 3774 Cat. E

Les sortil ges du c˜ur
No 3809 Cat. E

L homme de mes r ves
No 3842 Cat. E

Le roi sans coeur
No 3863 Cat. E

Trahison!
No 3884 Cat. E

L ternit de l amour
No 4017 Cat. E

Le roi et elle
No 4040 Cat. E

Coup de foudre en cosse
No 4070 Cat. E

Sous le ciel de Bahre n
No 4071 Cat. E

Je ne veux pas te perdre
No 4145 Cat. E

Un nouveau bonheur
No 4269 Cat. E

Fragile bonheur
No 4296 Cat. E

La petite brodeuse
No 4546 Cat. E

Quand vient l amour
No 4581 Cat. E

Rendez-vous Calcutta
No 4603 Cat. E

Beau comme Apollon
No 4632 Cat. E

Idylle en cosse
No 4666 Cat. E

L ange et le marquis
No 4846 Cat. E

Fian ailles impromptues
No 4878 Cat. E

Un ange au ch teau
No 4905 Cat. E

Le diadème de l amour
No 4955 Cat. E

La mariée sans visage
No 4979 Cat. E

Une si jolie cambrioleuse
No 5018 Cat. E

Princesse en fuite
No 5042 Cat. E

Un terrible malentendu
No 5074 Cat. E

Sirena
No 5079 Cat. M

Les caprices de Malvina
No 5099 Cat. E

La passagère de l amour
No 5165 Cat. E

Cache-cache amoureux
No 5188 Cat. E

Secret love
No 5229 Cat. E

Fuite sur le Nil
No 5355 Cat. E

Le royaume de l amour
No 5376 Cat. E

L amour travesti
No 5402 Cat. E

Le sortilège de l amour
No 5422 Cat. E

Embarquement pour l amour
No 5461 Cat. E

Les portes du paradis
No 5487 Cat. E

Alissa, mon amour
No 5503 Cat. E

 la conquête de l amour
No 5531 Cat. E

Quand l amour l emporte
No 5561 Cat. E

La princesse au bois dormant
No 5640 Cat. E

Une si jolie femme de chambre
No 5641 Cat. E

La conspiration de l amour
No 5653 Cat. E

Premier bal
No 5663 Cat. E

Piège pour un duc
No 5677 Cat. E

Le triomphe de la reine
No 5678 Cat. E

Un c"ur découvre l amour
No 5694 Cat. E

La rose d'écosse
No 5693 Cat. E

Elle voulait simplement être aimée
No 5712 Cat. E

La flèche de Cupidon
No 5765 Cat. E

La princesse venue du froid
No 5787 Cat. E

L amour déjoue tous les pièges
No 5788 Cat. E

À paraître en mars 2001

La captive du Grand Vizir
No 5810 Cat. E

Un amour au clair de lune,
suivi de :
Fortuna et son démon
No 5878 Cat. G

La force d une passion,
suivi de :
 pouse apprivoisée
No 5879 Cat. G

---

2 romans pour 28 francs seulement

Un amour en danger,
suivi de :
La princesse oubliée
No 4693 Cat. G

Un amour sans fortune,
suivi de :
Les illusions du c"ur
No 4694 Cat. G

L amour comme un espoir,
suivi de :
Tempête amoureuse
No 4956 Cat. G

La dynastie de l amour,
suivi de :
Paris magique
No 5254 Cat. G

Le fantome amoureux,
suivi de :
Satan frappé par l amour
No 5255 Cat. G

Sincère ou tricheuse,
suivi de :
La tigresse apprivoisée
No 5499 Cat. G

La fiancée pour rire,
suivi de :
Duchesse d un jour
No 5500 Cat. G

Un amour au clair de lune,
suivi de :
Fortuna et son démon
No 5878 Cat. G

La force d une passion,
suivi de :
 pouse apprivoisée
No 5879 Cat. G

Composition Interligne B-Liège
Achevé d'imprimer en Europe (Allemagne)
par Elsnerdruck à Berlin
le 21 janvier 2001.
Dépôt légal janvier 2001. ISBN 2-290-30918-4

Éditions J'ai lu
84, rue de Grenelle, 75007 Paris
Diffusion France et étranger: Flammarion